賢者と呼ばれる
精霊術師
ライアン
転移してきた
お茶屋さん
リン
森の守護者 狼《イームズ》
シロ

ハンター 兼
木工職人
クグロフ
ハンターズギルド
ギルド長
オグ
ハンターズギルド
ギルド長補佐
エクレール
CHARACTERS

「できてる！……ん？
なんだかずいぶん大きいですよ」
「これはどう考えても君のせいだと思うが……
全く精霊は君に甘い」

Contents

お茶屋さんは 賢者見習い 1

A Tea Dealer is An Apprentice Philosopher.

巴里の黒猫

Paris no Kuroneko presents

お茶屋さん、気づいたら異世界に

長い一日だった。

いや、すでに二日目の深夜を回る。

昨日の茶摘みから昼夜通しの製茶作業を見学し、楢橋鈴《ならはしりん》はそのまま朝八時半発のバスで梨山《リシャン》を降りて、桃園《タオユエン》国際空港発羽田行きのＬＣＣ最終便に乗り込んだ。

ローコストキャリアは制限も多いけれど、今回みたいに最終日に山から降り、その足で飛行機に乗りたい場合には助かる。比較的不便な早朝や深夜発着の便もでているからだ。

長時間ガタガタと揺れ、蛇行しながら山道を下るバスに耐えた後の飛行機移動。

体力的にきついけれど、途中で一泊することなく家まで帰りつける。

満月でいつもより明るい道を、家をめざして少し前かがみに歩きながら、今回の旅を振り返る。

秋摘み、冬摘みの茶葉を仕入れに数か国を回り、最後が台湾だった。ほとんどの茶葉は別途郵送してもらったけれど、十一月も中旬を過ぎた今、年末商戦用に少しでも先にと、欲張ってぎっちり詰め込んだバックパックが背中にのしかかっている。空港で量ったら十七キロあった。茶葉もコンパクトにまとめて詰めると、けっこう重い。

「リンじゃなくて、カバンが歩いているよ」

背負うとリンの頭の上からお尻の下まで隠れるカバンに、茶農家の陳《チン》さんは笑っていた。

薄手のダウンコートの上からストラップが肩に食い込み、痛みを感じていても、寝不足で頭がフラフラとしていても、大満足の仕入れにニンマリとしてしまう。

常連さんの好みを考えながら、明日にでもショップサイトにあげないと、と考えながら家の前まで来た。

アパートの前にある古木に片手をつき身体を支え、背筋を伸ばし、ジーンズのポケットの鍵を探ろうとした途端、目の前がふらりと揺れる。

さすがに疲れていた。気の抜けない仕入れ旅の最後に、徹夜と移動はきつかった。

まずはゆっくりお風呂に入って、お茶を一杯飲んでさっさと寝なくちゃね、と頭をあげ、あるべきものを見失ってしまった。

月の光が強いので、かろうじて真っ暗ではない。その中で見ても、なにも見えない。いや、見えてはいるけれど、見えるはずのものがないのだ。

目の前にあったアパートが見えない。街灯も消えている。

薄ら白い闇の中に黒い木立が続き、アスファルトだったはずの足元には、うすく雪が積もっていた。

頬《ほお》に当たる風も痛く感じて、リンの吐く息もだいぶ白く濃い。

鼻に冷気が入り、ツンとした。

「え、ここ、どこ……？」

そびえ立つ大木に手をついたまま、ほんの少し前に足をだした。

「そこで何をしている！」

叩《たた》きつけるような低い声が聞こえ、闇から浮かぶように人が現れた。


木陰から現れた男は、リンより少し年上だろうか。

欧米人のように顔の彫が深く、切れ長のアーモンドアイ。リンをにらんでキツイ顔をしている。その鋭さがなければ息を飲むような、端整な顔立ちをしている。美人と言ってもいいかもしれない。しかし、その男の恰好《かっこう》は奇妙だった。夜に溶けるようなネイビーブルーの、襟が高く、足の甲まで覆うほど長いマントを羽織っている。マントを留めるタッセルと縁取り、左腕の辺りに刺繍《ししゅう》されている何かの紋章だけが金色で、目立っていた。

ベルベットのような艶があるマントの肩には白銀の髪がかかっており、月の光をチラチラと弾くのか、まるで後光が差しているように見える。

「イケメンだけど、コスプレ？　夢を見ているとしか思えないほどキレイだけど」

ポロリと口にした途端に、男が眉を寄せた。

「言っていることはわかるが、理解ができぬ。イケメンとは、コスプレとはなんのことだ」

「えっ、いえ、ごめんなさい。あの、その部分は忘れてください」

お互いに違う言葉をしゃべっているようなのに、なぜか通じている。

「異国人、か？　なぜこのような時刻に森にいる？　どのように聖域の結界を超えたのだ。何が目的だ」

次々と詰問されるが、なんと答えればいいのだろう。

リンだって状況を飲み込めてはいないのに。

相手を落ち着かせるように、リンはゆったりと答えた。

「ごめんなさい。自分でもわからないんです。ここはどこでしょう。旅から戻って、こうやって木に手を置いて、顔をあげたらここに。……聖域に結界って聞こえたけど、森の境とか、そういう意味、ですよね？」

まさか自分が、実際に『ここはどこ』などと言う羽目になるとは、リンは思ってもいなかった。

『私は誰』の部分がわかっているだけ、いいのかもしれない。

「いや、ここは確かに聖域だ。……精霊の許しがない者は、入ってはこられぬ」

リンを見つめてそう言うと、男は少し考え込んだ。


聖域に結界、その上に精霊。

男は見惚《みと》れるようなハンサムだけど、真夜中に森の中でコスプレをしている、アブナイ人かもしれない。

ゆっくりと遠ざかるように数歩後ろに下がったところで、逃がさないというように手首を取られた。

「――！　――？」

こんどは男の言葉が全く理解できない。

ぞっとした。引き抜こうとした自分の手が、震えているのがわかる。

「嫌！　なにを言っているのか、今はわからない。放して！　手を放してってば！」

そのままそっと男に手をひかれ、また木に手を当てるよう促された。

「こうすればわかるか？　加護があるようだが、ドルーの客人か？」

「加護？　……何を言っているのかわかりません」

リンは震え、顔色は悪かった。

「話をするには、ここは寒すぎるな。とりあえず森をでて移動だ」

男は白く息を吐き、オークの大木を見上げた。

「ドルー、できれば私の工房へお越し願いたいのだが」


コスプレ美人に手首を取られたままで、リンはついていくしかなかった。

自分がどこにいるのかも、なんでこうなっているのかもわからない。

森の気温はだいぶ下がっていて、今着ているコートでは全く用を成していなかった。襟元や袖口、裾から冷気が入ってくる。

荷物が肩に食い込んで痛い。寒さと痛さ、自分の吐く白い息に、泣きそうだ。

本当なら今頃は、家で温かいお風呂にゆっくりつかって、買い付けたばかりの梅山高山茶《メイシャンガオシャンチャ》を飲んでいたはずなのに、なぜ凍えて歩いているのだろう。

男に握られている手からだけ、ほんのりと温かさが伝わってきた。

盛り上がった木の根を雪が覆い隠している。

滑り、つまずき、手を取られていなかったら、とっくに転んでいただろう。

足元に注意しながら、二、三十分程も歩いただろうか。

木立が途切れ、森を抜けた。

街灯はないが、月の光で森の外は十分に明るく、建物が青白く浮かび上がって見えている。

目の前に灰白色の石を積み上げた、重厚な造りの高い塔が見え、その前に二人の男が立っていた。

一人は濃い緑のローブをまとった老人で、印象的な白く長いあごひげが、有名な指輪物語の魔法使いか、赤の衣装を着ていないサンタクロースを思わせる。

もう一人はピンッと背筋を伸ばした、この真夜中に完璧なバトラーといった趣の恰好をしていた。

バトラーが森からでてくる二人に気づくと、一歩前にでて、すっと頭を下げた。

うん、もう完璧。

この人の名前がセバスチャンじゃなければ、かえっておかしいかも、と現実からズレたことをぼんやりと考えていると、三人の話が簡単に終わったらしく、塔の向かいにある家に案内された。

塔と違い、ハーフティンバー様式というのだろうか、白壁にこげ茶色の木の柱や梁《はり》が、家の外側にも見えていて、田舎家屋風の暖かみを感じる家だ。

リンは、バトラーの手伝いでバックパックをおろし、やっと腰を伸ばすことができた。

玄関のすぐ左手にある広い部屋の壁には大きな暖炉があり、すでに火が入っていた。その暖かなオレンジの色合いにほっとする。

時折薪《まき》のはじける音が、静かな部屋に響いていた。

「はあ……」

丸テーブル脇の椅子に腰を下ろすと、肩をさする。みっともなくてもいいから、ぐでりと背もたれに背を預けて、リンは目を閉じた。

頬にじんわりと暖炉の熱が伝わり、凍った自分が溶けていくようだ。


頭に何かが触れた気がした。

驚いて目を開けると、サンタクロースのひげの老人がリンの頭をそっとなでたようだ。リンに向かって微笑《ほほえ》むと、横の椅子に腰を下ろした。正面には森で出会ったイケメンが座る。

屋内のランプで初めてこの男の目がはっきりと見え、まっすぐリンを見据えた目は、きれいなブルーをしている。

コートを受け取り、暖炉の火をかき起こし、と動いていたバトラーが戻り、カップを配っていく。

「お茶です。温まりますよ」

リンはその気遣いに頭を下げ、重い身体を少し背もたれから離して、目の前の男を見つめた。

「簡単に状況だけでも把握したい。ドルーの加護を与えてもらったが、私の言葉はわかるな？」

『ドルーの加護』の意味はわからないが、言葉は理解できる。

リンはうなずいた。

「私はライアン・キース・ウィスタントン。精霊術師だ」

「精霊、術師……？」

「ああ。こちらがドルー。向こうで支度をしているのが、侍従の――」

「セバスチャン」

思わず遮るように言ってしまう。

「……セバスチャンを知っているのか？　彼はセバスチャンの息子だ。シュトレンという」

「いえ、ごめんなさい。……知らない方です。続けてください」

ライアンの話、というより尋問が始まった。

「君の名前は？」

「楢橋鈴、リンです」

「どこからきた？」

「日本です」

「ニホン……。職業は何をしている？」

「あの、お茶屋さんです。お茶を販売しています。ちょうど仕入れをして帰ってきたばかりでした」

「商人か……」

ライアンは少し考え込んで、続けた。

「リン、ここがどこかもわからない、ということだったな。ここは大陸の西端、フォルテリアスという国にあるヴァルスミアという街だ。君は先ほど、街から続くヴァルスミアの森にある、結界で守られた聖域に侵入した。この辺りであの場所に入れるのは、私しかいないはずの場所だ」

「フォルテリアス。ヴァルスミア。……初めて、聞く名前です」

リンは呟《つぶや》いて、首を横に振った。

表情で何かわからないか、とでも言うように、ライアンはリンを探るように見てくる。

「高位の精霊術師の聖域侵入を疑ったが、周囲の精霊も警戒はしていないようだし、ドルーの加護もあるように思えた。それで、ドルーが招いた客人かとも思ったのだが……」

そう言うと、ライアンは隣に座るドルーに目をやった。

「オーリアンよ、なんとも不思議なことだが、我は招いてはおらぬ」

独特の発音とゆったりとした口調でライアンを呼びながら、ドルーは続けた。

「我でなければ、どなたか他の者、――大地か、森の意思かのう」

リンにはドルーの言葉の意味はわかっても、やはり内容が理解できなかった。

大地か森の意思？　誰が招いたと言っているのだろうか。

言葉はわかっても、それを理解できないもどかしさがある。

それなのにライアンは、どこか納得したような顔をしている。

「聖域も精霊も私には身近なものではなくて、よくわからないんですけど……。あの、あなたは精霊を信じているんですよね？」

「精霊はこの国フォルテリアスを造り、守るものだ。誰もがその加護を願い、敬う。精霊を感じる者も、感じられない者もいるが、存在自体を疑う者は一人もおらぬ」

リンはため息をつき、目の前のカップを手に取って、再度背もたれに身体を預けた。

腰も肩もだるく、目の奥から頭の芯が重く痛む。

何度考えても今の状況は異常で、わけがわからなかった。

精霊が守る国も、精霊の加護も、リンは知らない。

「私の知っている中に、精霊の加護があるフォルテリアスという国はありません。ここは私のいた世界とは違うみたいです。……信じていただけるかわかりませんが」

リンは自分でもおかしなことを言っていると思った。

なんでこんなことになってしまったのか。

手が震え、のどが詰まりそうになる。

「あの、誰かが私をここに招待したのなら、元の世界に帰してもらうことって、できますか？」

ライアンは一度目をふせてから、リンをしっかり見て言った。

「残念だが、私には帰しかたがわからぬ」

ドルーも静かに横に首を振った。

誰も次の言葉を継がず、リンは手を温めていたカップから、一口お茶を飲んだ。

タンニンが強く、ひどく渋い茶だ。

リンには渋すぎた。

シュトレンが部屋に戻ってきた。

「ライアン様。もう遅いですし、リン様はだいぶお疲れのように見えます。お休みいただいて、これ以上のお話は明日にされたらいかがでしょうか。上にお部屋の用意も整えてございますから」

今の状況で、一番ありがたい助言だった。

ヴァルスミアの街と精霊の加護

翌朝、四本脚のフォーポスター・ベッドからかかる、ピンクの天蓋カーテンのドレープが一番に目に入った。

一気に目が覚め、がばっと起き上がる。

「夢じゃなかったんだね。残念」

天蓋付きのベッドは初めてだけれど、実用的だった。

カーテンで覆っただけで、ベッドから暖かさが逃げない。昨夜は部屋の中でも息が白かったから、これがなければ布団をかぶっても震えただろう。

「九時。……まあ、ここでも九時かどうかは、わからないけど」

いつもの癖で枕元に置いたスマホは、当然だが、圏外と表示されている。

「これが旅行だったらな。天蓋ベッドなんて、お姫様気分だっただろうけど」

リンはため息をついた。

ゆっくり寝かせてくれたのか、誰も起こしにはこなかった。

外の音も聞こえてはこなくて、思いの外、静かだ。

天蓋のカーテンをあけ、上にある明かり取りの窓から入る光で、部屋の中を見まわした。

壁は白い漆喰《しっくい》。天井と壁に並ぶ太い木の梁《はり》や柱は濃い茶色で、白壁のアクセントになっている。

壁には今は火の消えた暖炉があって、ヨーロッパでよく見る古民家のような内装だ。

ベッド、壁にかかるタペストリー、長椅子に置かれたクッション、床のラグなどのファブリックはピンクと赤と白で、花柄やリボンでかわいらしく整えられている。

この家の女の子の部屋を貸してもらえたのだろうか。

「私だけ、雰囲気が浮いてるよね……。う～、寒い。お茶飲みたい」

何度も洗濯をしてくったりとしたスウェットを着た、自分だけがこの部屋に馴染《なじ》んでいない。そのスウェットの腕をさすって暖を取った。

リンがあちこちに目をやりながらベッドから降りたところで、寝室のドアがノックされた。

「リン様、失礼いたします。ドアを開けてもよろしいでしょうか」

「は、はいっ」

昨夜から「様」をつけて呼ばれているが、どうも落ち着かない。

返事をすると、小柄でふっくらとした女性が入ってきた。

髪を白いボンネットの下にまとめ、服は裾が床まで届くようなカーキ色のワンピースだ。腰から下に巻いた長いエプロンは清潔で白い。女性はリンを見てニコリとすると、スッと腰と目線を落とした。

「おはようございます。この館の前にある宿屋のおかみで、ノンヌでございます。侍女の代わりに、リン様のお仕度の手伝いに上がりました」

「お、お仕度の手伝い!?　いえ、あの、自分でできます。身体を洗いたいので、浴室の使い方だけ教えていただければ……」

昨夜は手《て》桶《おけ》にお湯をもらって、やっとのことで顔だけ洗い、ベッドにもぐり込んだ。

茶畑にいたおとといからお風呂に入っておらず、髪も洗っていない。空港で顔を洗って歯をみがいたけれど、さすがに限界だ。自分が汚くて嫌になる。


寝室の続きに浴室があった。

床はきれいなモザイクのタイルで、ここにも小さな暖炉がある。楕円形《だえんけい》のバスタブの脇に長椅子が据えられ、隣のワゴンの上にはリネンと、水差しやグラスまで揃《そろ》えてある。

「この館はもともと大賢者様がお住まいだったので、精霊道具が揃っていますし、ほとんどのお部屋に暖炉がございます。『水の石』がここにありますから、これをお使いください。あとは必要なだけ湯を足して、湯温を調整すればいいだけです。冬に外の水場にいくのは大変でございますよ。それでも水が豊富じゃない街もあると聞きますから、このヴァルスミアは精霊のご加護で恵まれておりますよ」

そう得意気にノンヌは言う。

言われていることの半分ぐらいはよくわからないが、とりあえずお風呂に入るには、湯を沸かしてバスタブに入れるという、古典的な労力が必要らしい。

「あの、『水の石』というのを初めて見たのですが」

「あら。リン様のお国ではお使いではございませんでしたか。石の中に水を蓄えた精霊道具でございますよ」

ノンヌが籠に積まれた水色の石の一つを取り上げた。

「こうして両側から強く押すと、ほら、水をだせます」

ノンヌの指に挟まれた卵型の石から流れだす水に、リンの目が真ん丸に見開かれた。手品のようだ。

「便利でございましょう？　すぐに浴室の準備をいたしますから、リン様はお待ちの間、お着替えのご用意をされてはいかがでしょう」

リンの恰好《かっこう》もまずいだろうが、着替えといってもバックパックに服はほとんど入っていない。お茶をぎっちり詰めるために、着替えは徐々に郵送に回して、下着とＴシャツがそれぞれ数枚に、パジャマ代わりのスウェットを残しただけ。

自分でも女子として、こりゃどうだろうと思うぐらいだ。

旅行用のシャンプーにソープ、小分けにしたローションやクリームを入れたポーチを残したのが、ギリギリ女子としての最後の意識かもしれない。

「はあ……」

暖められた浴室で浴槽につかると、思わず息がこぼれた。

気になっていた『水の石』に手を伸ばし、恐る恐る握れば、リンの手から冷たい水が流れ落ちた。

「わ、ほんとだ」

慌てて手を開き、光にかざして卵型の石を覗《のぞ》き込んだ。透き通った水色の中に、魔法陣のような円が見え、記号や文字のようなものがうっすらと黄色に浮かび上がる。

「石から水かあ。精霊道具って言ってたよね。……本当にここ、異世界なんだ」

リンはポチャンと音を立て、頭の上までお湯につかった。

髪を洗い、歯を磨き、ミディアムロングの髪を簡単にまとめる。軽く化粧をすると、やっといつもの自分に戻った気がした。

風呂から上がると、部屋はきれいに整えられていた。天蓋カーテンはドレープをつくって寄せられている。窓の鎧戸《よろいど》もすべて開けられて光が入り、目の前には昨夜歩いた森が見えた。

昨日と変わらないジーンズに白いセーターの恰好で、オフにしたスマホをポケットに突っ込んだ。

「リン様、下にライアン様がお越しになっておりますから、ご案内いたします」

リンが一晩休んだ部屋は、家の三階にあった。住居として使われていたという上階部分を通り過ぎ、一階まで下りる。

昨夜と同じ部屋では、すでにライアンがリンを待っていた。

陽《ひ》の光で見たシルバーの髪は一段と明るくキラキラと光り、目も南国の海のようなアクアブルー。

本当にこの人はきれいだ。

ライアンの表情も昨日より柔らかい。リンを見て、ほんの少し口の両端を上げた。

「おはようございます」

「おはよう。昨日よりだいぶ顔色もいいようだ。ゆっくりと休めただろうか」

「ありがとうございます。おかげ様でしっかりと眠れました」

ライアンはうなずくと、リンに窓際の長椅子を示した。

「ドルーとも話したが、リンには慣れるまで、ここで生活してもらうのがいいと考えている」

「……よろしいんですか？」

「ああ。この奥に私の工房があるが、さほど使ってはいないのだ。もとは住居だったから、少し整えれば使えると思う」

リンは心底ほっとした。言葉も生活習慣も全く違う山奥にお茶を買い付けに行ったりもしたが、さすがに異世界に一人放りだされるのはキツイ。

「ありがとうございます。本当に助かります」

頭を下げたリンに、ライアンは一つうなずいた。


今日はこれから、ノンヌの店で食事をとり、街の様子を見せてくれるつもりらしい。

「その恰好ではいささか都合が悪いな。人目を引く」

ライアンが子供の頃に着たというネイビーブルーのマントを、シュトレンがだしてきてくれた。

リンにぴったりのサイズだ。

まごついていると、シュトレンが襟元にある金のタッセルを輪に通し、きちんと留めてくれる。

前を手で押さえれば、下の服はすっぽりと隠れた。

スニーカーはもうしょうがない。
下ばかり見つめて歩く、人生に絶望した人がいないことを祈るしかない。

工房をでると、昨夜は闇に沈んでいた辺りの様子がよく見えた。
道の真ん中に屋根のかかった水場があった。水瓶《みずがめ》を持った女神像のような彫刻が飾られており、水が常に湧きでている。その向こう、森への小道を守るように丸い塔が立ち、奥に高い壁が続くのが見えた。

「この街はあのように城壁に囲まれている。街道への入り口にはすべて門と塔があり、騎士が詰めている。ここだけは森が門の代わりをするので、あの塔は『森の塔』と呼ばれている」

塔の前で、男性が二人待っていた。ライアンと同じぐらいの歳《とし》だろうか。

「リン、私の部下を紹介する。塔に駐在するから顔を見ることも多いだろう。この領所属の騎士で第二大隊副隊長のフログナルドと、私の補佐を務める文官で、シムネルだ」

二人ともブロンドヘアだが、フログナルドはダークブロンドで、シムネルはグレーにくすんだ色だ。
フログナルドは黒の隊服を着て、左肩に群青のマントをはおり、ピシリと背を伸ばして立っている。シムネルは上司の連れの変わった毛色の娘を、茶色の目で興味深げに見つめている。

「フログナルド、シムネル、リンだ。ドルーの加護がある客人で、しばらく工房に滞在する」

「精霊術師の方ですか。ヴァルスミアへ、ようこそいらっしゃいました」

「賢者見習いのマントが、お似合いになりますね」

精霊術師？　賢者見習い？

「いえ、あの、お茶屋さんなんですけど……」

この借りたマントのせいだろうかと思いながらも、一応主張しておいた。

塔の隣にあるのが、ノンヌの食堂兼宿屋『金熊亭《きんぐまてい》』だ。

昼時にはだいぶ早いのに、すでに半分ぐらいのテーブルが埋まっており、にぎやかだ。

隣が塔だからだろう、騎士の隊服を着ている者が多い。

がっしりとしたテーブルもそれ用に作られていて、脇の部分に切れ込みが入り、隙間が開いている。フログナルドは腰の剣をそこに差し込むと、席に着いた。

店内に充満している香ばしい香りに、リンは昨日の夕方から、何も食べていないことを思いだした。きゅう、とお腹《なか》もしっかり催促している。

「森よ、ドルーよ。我らの命をつなぐ毎日の糧をお与えください。芽吹きと恵みに感謝をささげます」

食前の祈りを教えてもらって唱え、ボリュームたっぷりの皿の上を眺めた。

これがイチ押しだ、と言われて選んだ本日のおススメは、香ばしくグリルされた大きなソーセージで、ハーブで香りづけがされている。セージとタイムだろうか。

皮はパリッとプリプリに焼け、余分な脂が落ちていて、噛《か》むと肉汁がじゅわりとあふれた。

付け合わせは、上に切れ込みを入れ、皮がついたままで焼かれた、ホクホクのジャケットポテトで、上に載せたバターがとろけている。

りんごと栗《くり》を甘酸っぱく煮たものも添えてあり、途中で口をさっぱりとさせてくれる。

ソーセージもジャガイモも、シンプルな味付けだけれどおいしく、お腹から温まった。

「おいしい！　それぞれ味がしっかりあって！」

「どれもこの領ではよく食べられるものだ。ジャガイモとバターは西の村から市に売りにくる。フォレスト・ボアに栗、りんごも、この秋に森でとれたものだな」

「フォレスト・ボア」

これは豚肉じゃなかったのかと思いながら、給仕をしてくれていたノンヌに礼を言うと、彼女は顔をほころばせた。ふっくらとした頬《ほお》に、えくぼがかわいい。

「この時期のボアはおいしいのですよ。森の木の実をたっぷりと食べましたからね。お口に合ったようで、ようございました」

「ノンヌの夫は料理上手でね。『金熊亭』のソーセージは騎士にも、森に入るハンターにも人気です」

フログナルドも満足顔で、空っぽの皿を前にカトラリーを置いた。


お腹が落ち着いて、リンは今後のことが気になり始めた。

家族が亡くなって以来、一人自活できるようにずっとがんばってきた。

とりあえず保護してもらえるようだが、まずはここで自分に何ができるか探すことかな、と考えていると、ライアンから声がかかった。

「リン、この後だが、ハンターズギルドに行く。ギルドに登録をして身分証明を得た方が良い」

「ハンター!?　あの、私、ハンターはできないと思うのですが」

「とりあえず今は登録さえすればいい。ハンターズギルドに友人がいる」

「あの……。街にでる前にお聞きしたいことと、お願いがあるのですが」

「聞こう」

「一つめは、昨夜からドルーの加護とおっしゃっていますが、ドルー様はどうしてそんなことができるのでしょう」

ライアンはわずかに目を見開き、驚きを表情にだした。

「そうか。……ドルーと聞いて、わからない者がいるとは考えていなかった。ドルーは森の賢者といわれる、オークの木の精霊だ。この国の建国に力を貸してくれた精霊で、建国神話にもなっている。……ああ、君は私にもドルーにも敬称をつけなくて良い。精霊が認めた、聖域に入れる者だからな」

サラリと口にされたライアンの言葉に、周囲はそれぞれ違った意味で驚愕《きょうがく》した。

「精霊!?　あのサンタのおじいちゃんが!?　でも私、昨日姿が見えましたよ。人間のようでしたが」

「聖域に入れる!?　まさか、では本当に……」

「おじいちゃん……。あのドルー様を、おじいちゃん」

森の聖域に足を踏み入れることができる者はわずかだ。

過去に工房に住んでいた大賢者の後、幼き頃のライアンが聖域に入って以来、リンがおおよそ二十年ぶりの「認められた者」になる。

　リンは全くわかっていないが、その意味に気づいたフログナルドは絶句した。シムネルはリンの言葉を面白がり、ブツブツと言っている。

「サンタが何かわからないが、ドルーは精霊の中では唯一、誰にでも見える。人の中にあり、人に見られることを良しとしている精霊だ」

「精霊は皆、ドルーのように人型なんですか？」

「私には、精霊は手のひらに乗るぐらいの人型をとって見える。人によっては動物の型であったり、光のオーブのようなものが、フワフワと舞っているように見えるらしい」

「オーブ！　それでですね。ライアン様の……ライアンの髪がキラキラ光ってきれいなのは。面白い光の反射をしていると思っていましたが、きっと精霊が周囲にいるからなんですねぇ」

　敬称はナシと言ったはずだが、と、にらまれ、リンは言いなおした。納得したのか、うんうんとうなずきながらライアンの周囲に目をやっている。

　リンの物言いに少し赤くなったライアンの顔の周りは、今もチラチラと光っていた。その光が、時折、青や緑、赤に黄といった色を帯びるのだ。

「ライアン様の白銀の髪は、特に精霊のお気に入りなんですよ。髪を結んだだけでも精霊が不機嫌になることがありますし、短く切り揃えたら大騒ぎで、街中でいろいろひっくり返ります」

　街中ひっくり返るとは何事だろうか。

「シムネル、余計なことを言うな」

ライアンの眉間にしわが寄った。

「……えーと、ライアンの髪の話が聞きたかったのではなくて、そう、精霊術師とはどういう仕事なんでしょう。騎士隊の一員で、騎士が部下になるような仕事ですか？」

「そういえば、精霊術師としか言っていなかったな。領の仕事のことは説明しなかったか」

「ライアン様、さすがにそれは最初にお伝えしておきませんと……」

今度はフログナルドから突っ込みが入った。

「ここはウィスタントン公爵が領主として治める、ウィスタントン領の領都、ヴァルスミアです。ライアン様のお名前はライアン・キース・ウィスタントン。ライアン様は、御領主である公爵殿下の御三男になります」

「ご領主様のご家族……」

リンはポカンと口を開けた。

侍従がいて、本人や周囲の態度から、貴族階級だろうと感じてはいたけれど、領主の一族だとは思わなかった。貴族かも、ということより、精霊術師ということがより気になっていたのだ。

「上に兄が二人、下に妹が一人いる。父、兄と共に民を守り、治めるのが仕事だ。私の場合は精霊術師としての力を使って、領地経営の一端を担っているというのが近いだろう」

「それでは精霊術師というのはなんでしょう」

「簡単に言うのは難しいが……。精霊術師というのは精霊の加護があり、その力を借りて様々な現象をひき起こすことのできる能力のある者だ。精霊の力を魔法陣などで補って、その力を術師以外にも使える形に変化させることも、仕事の一つにある」

リンは目をパチパチとさせ、それからため息をついた。

「今までの生活と違いすぎて、理解が難しいです」

「この国にいれば、少しずつわかってくると思う。今朝『水の石』を使っただろう？　あれも術師の作った精霊道具で、水の精霊オンディーヌのお力を借りている」

今朝、ノンヌは普通に『水の石』、精霊のご加護と口にしていた。

この国ではそれが日常なのだろう。

「あとは質問というより、お願いなのですけど」

リンは恥ずかしそうに続けた。

「ここで生活するのにお金がないんです。あと、着替えもほとんどなくて。荷物のほとんどは茶葉なんです。いいお茶が今年は見つかって！　それが売れればいいんですけど……。あの、いろいろ足りないと思うので、ご迷惑をかけてばかりなのですが、あの、お茶とか興味ない……ですよね？」

知り合ったばかりの人にお金を借りたいとも言いにくく、支離滅裂になってしまった。

「もともと住居を調える予定であったから心配せずとも良い。服もこちらに合ったものが必要だろう。……とりあえずハンターズギルドに移動しよう。約束はすでに取りつけてある」

フログナルドとシムネルと別れ、リンとライアンはハンターズギルドに向かった。

街の中央にある広場では市が開かれていた。商業エリアとなっているようで、ギルドや商店はその辺りに多いようだ。

「あれが領主の館だ」

指さされた先、目の前の建物のさらに上に城が見えた。

白っぽい石造りで、濃い色合いの尖った屋根、目立つ高い塔も複数そびえている。かなりの大きさだ。

「あれはもう、お城と呼ぶんじゃないかと思うのですが」

「ああ、確かに多くの者がそう呼ぶな。館がこの街の城壁の北西にあたる。森と工房は街の東だ。街のすぐ北側はウェイ川で、国境になる。この国の北と東の国境の一角を守っているのがウィスタントンだ」


すれ違う人は皆、ライアンに丁寧に挨拶をし、声をかけていく。

「賢者様、この間は本当にありがとうございました」

「ライアン様、ごきげんよう。どうぞこれをお持ちください」

中には礼だと言って、商い物の果実などを手渡してくる者もいる。

女性はノンヌと似たような恰好で、腰には小さな袋をさげ、買い物中なのか小脇に籠などを抱えている。男性は足元にしっかりしたブーツを履き、腰には小袋と短剣か長剣、その脇に木や何かの角でできたようなカップを下げている。

剣と魔法の世界に来ちゃったのか、いや、剣と精霊だったか、などと考えているリンにもチラチラと視線が流れて、居心地が悪い。

それにどうにも気になる。

「あの、皆さん、賢者様っておっしゃっていますが」

「大賢者と呼ばれる高位の精霊術師がいる。私はその弟子だったので、そう呼ばれているだけだ。『賢者』という職業はないし、『私は賢者である』と言ったこともないのだが」

ライアンも若干言い難《にく》そうだ。

「まあ、確かに。自称するようなものではないかもしれませんねえ」

「そうだろう？」


マーケットプレイスと呼ばれる中央の広場に来た。大きな広場に市ができ、簡素な屋台が立ち並んでいる。

食品、木工製品、錫《すず》製品、布、弓や小刀などの武器、散髪屋、家具の修理屋、と店の数も種類も雑多で豊富だ。

「大きいですね。人も多いし、活気があります」

ここは薬事ギルド、あの角が精霊術師ギルド、と示されながら、肩がぶつからないように注意して歩く。ギルドもこの広場に集まっているようである。

立ち並ぶ店に、お金ができたら覗きにこよう、いや、私が店をだすのもいいのかもと、ついあちこちと見回してしまう。

「ここには、この街のギルドや工房が出店することもあるが、近隣の農家も収穫物を持ってくるし、旅の商人も店をだす」

「私も店をだせるでしょうか？」

「商業ギルドに許可をもらえば可能だ。だが、その話はまた後にしよう。君の場合いろいろと複雑だ。焦る必要はない。……ちょうどこの前が商業ギルド。その横がハンターズギルドだ」


ハンターズギルドは広場に面していて、工房と同じような漆喰の白壁に柱や梁のこげ茶がきれいな建物だった。

弓矢のマークとその上に紋章の入った看板が下げられている。

ライアンから借りたマントの左腕部分についている紋章と同じようで、リンは袖を引っ張って見比べた。

「それはウィスタントンの紋章だ。交差するオークとヤドリギに、四大精霊と王冠が描かれている」

「四大精霊……」

「水のオンディーヌ、風のシルフ、火のサラマンダー、土のグノーム。この国の王都は南にあって、今はここが辺境にあたるが、我らの先祖はこのヴァルスミアに国の礎を築き、ドルーや森の精霊の力を借りて南に広がっていった。その起こりを表している紋章だ」

「……精霊の加護と、ここの誰もが口にするわけですねえ」

「ああ。加護がなければ、この国は成り立たぬ」

ライアンの友人というのは、ハンターズギルドのギルド長だった。

ギルド長室は二階にあって、応接用のテーブルと椅子でいっぱいの、小さな部屋だった。

「おう。ライアン、来たか。ここに来るのは久しぶりじゃねえか？」

大きなデスクの向こうで立ち上がったのは、体格がよく、威圧感のある人だった。

肩幅は広く厚みがあり、ダークブラウンヘアに、濃いもじゃもじゃの髭《ひげ》。

それでもよく見ると、細められたアンバーの目が優しい。よく見ないとちょっと怖いけど。

ギルド長というから年配の人物かと思ったが、若いように見える。いや、髭が邪魔でよくわからないけど。

「リン、この街のハンターズギルドのギルド長、オグだ。それから隣がエクレール。ギルド長補佐だ」

「俺は飾りで、実務は彼女だと言われているがな。俺とライアンは幼馴染《おさななじみ》なんだ。共に大賢者にこき使われた同志だな」

オグが笑いながら付け足した。

エクレールは背の高い、モデルのようにゴージャスな女性だった。大きなカールのあるストロベリーブロンドの髪はふんわりと結い上げられ、一部が顔の周りに落ちかかっている。濃い緑の目、スレンダーなのにでるとこがでている、鮮やかで、色っぽい女性だ。

羨ましい。

「オグ、エクレール。ドルーの加護のあるリンだ。しばらくは工房に滞在する」

二人そろって目を見張った。

「加護だと？」

「新しい賢者見習いですか!?」

「いえ、賢者見習いじゃなくて、お茶屋さんです」

リンはやっぱり訂正した。

「事情があって、詳しくはまた説明するが、彼女のギルド登録をしたい」

「ハンターズギルドで、ですか。……わかりました。登録証を作ります。どうぞこちらへ」

エクレールと応接用のテーブルに着き、質問を受けながら登録を行う。

「名前はリンですね」

「はい。リン・ナラハシです」

「年齢は？」

「二十六です」

「なんだと!?　それにしちゃ発育が……」

「十六の間違いではないのか？　まさか同じ歳だとは……」

オグとライアンがそれぞれに、率直な意見を口にのせた。

「発育って、もう、失礼ですね！　間違いありませんよ。二十六です。背も低いし、体型もこの国の方のように、その、デコボコしていないかもしれませんけど、私の国ではこれでも標準です」

ちゃんと胸だって、ほらしっかりあるのだ、巨乳じゃないけど、と自分の胸を見下ろす。

ライアンが同じ歳だという方が、リンには驚きだった。てっきり三十ぐらいだと思っていたのだから。

「あら、リンはお肌もきれいで、髪にもツヤがあるし、余計なところにお肉もついてなくて羨ましいわ。スラリとしてエキゾチックよ。だいたい女性の年齢に突っ込むような、失礼な男性なんて相手にしなくていいんです！」

くだけた口調になり、エクレールが男性陣をジロリとにらむ。

「二十六、と。住まいはライアン様の工房ね。髪と目の色と、身長、と。とりあえず、これでいいわ。……このカードはこの国で身分証明になるので常に携帯してください。失くしたらギルドで再発行手続きをお願いします」

リンのカードを渡すと、エクレールは机から一枚の案内を取りだした。

「ここからは新規登録者全員に伝えていることになります。ギルドが開いているのは、毎日、街の開門一刻前から、閉門一刻後まで」

一つ一つの項目を指しながら続けた。

「採集に狩猟、畑仕事に騎士には頼めない護衛など、様々な依頼がギルドに入ります。ハンターは、力仕事のできるなんでも屋と思ってください。ギルドの役割は二つ。一つ目は、所属するハンターへのサービスです。情報提供、獲物の買い取り、依頼の受注、ハンターへの斡旋《あっせん》、報酬の受け渡しまでの管理ですね。重要な案件がでた場合、ハンターの緊急招集を行うこともあります」

ここまでは大丈夫か、と言うようにエクレールがリンを見た。

それにコクリとうなずく。

「二つ目は、ハンターとして必要な能力の教育です。身体能力の強化、知識をつけて仕事の幅を広げることから、読み・書き・計算・マナーといった講座もあります。あ、すべての講座は一般の方にも開いていますので、興味があったらご参加ください。すべての案内は、一階のグレートホールに貼りだされます。……以上ですが、質問はございますか？」

過不足なくわかりやすい説明は、さすが慣れている。

「エクレール、リンの買い物の案内を願いたい。館にも手配しているが、リン自身の持ち物がなにもない状態だ。女性の物だから、私よりエクレールが付き添う方がいいだろう。ここでオグと待つので、ここに戻ってくれ。買い物は必要なものを不足なく、すべて頼む。工房にシュトレンがいるから、工房に届けさせてくれ」

「かしこまりました。リン、行きましょう」

リンとエクレールを見送るとオグは立ち上がり、デスクを回ると、ライアンの座る応接の向かいに腰を下ろした。

「しっかし、ライアン、朝っぱらから女性を一人保護するから登録してくれって言うから、驚いたぜ。それも工房に住まわせるなんてなあ」

ライアンはニヤニヤと笑うオグに、嫌そうに眉を寄せた。

「仕方あるまい。ドルーに、リンがこの地に慣れるまでの世話を頼まれた」

「お、本当にドルーの加護があるのか？　なあ、いったいどこで出会ったんだよ」

「聖域だ」

「は!?」

告げられた簡単な一言に、オグのニヤニヤが止まった。

「昨夜は満月だっただろう？　聖域にいたら突然現れた」

オグは今度、あんぐりと口を開けた。

「聖域って……。ってえことは、まさか、四大精霊、すべての加護があるっていうことか！」

オグが前のめりになって叫ぶ。

ライアンは声の大きさに顔をしかめ、耳を押さえた。

「そんなに大声をださずとも聞こえる。加護調べはしていないが、明らかだろう？」

聖域に入れるのは、精霊に「認められた者」。それは四大精霊すべての加護を持つ者、と同義である。そして、この国ではそれを、賢者と呼ぶのだ。

オグの驚きは当然だった。

「……大声にもなるさ。本当に賢者見習いじゃねえか。なんてえこった」

オグは長椅子の背もたれに、ずさっと身体を預けた。

それはドルーに頼まれなくとも保護するだろう。そして同時に、その力を考えたら警戒すべき存在でもある。

「他国の工作者である可能性は？」

「……ない。リンが現れた瞬間だったのだろう。周囲にいた精霊がざわついた。自分の加護を与えようと、リンに近づいていくのだ。現れた時こそさすがに警戒したが、それを見たら……」

ライアンは思いだして苦笑した。

リンに加護を与える精霊が決まるまで、周囲はすごい騒ぎだったのだ。精霊同士、我こそ先にと押し合い、髪を引っ張り、水をかけ、吹き飛ばし、ケンカをしながらリンに近づいた。

上から下まで夜陰に紛れやすい漆黒を纏《まと》い、動きやすそうな変わった服装に、背には大きすぎるほどの荷物を背負っていた。どう見ても敵国のスパイか、密猟中のハンターのような恰好だったのだが、騒ぐ精霊の様子に考えを変えたのだ。

「害意を持つ者が、聖域に入れるわけもない、か」

「ああ。わずかな偽りも見逃さぬよう注意したが、そういう意味で気になる点はなかった。ドルーや精霊がリンを気にする様子を見ても、間違いはないと思う」

「リンの顔立ちも黒髪も、この辺りじゃ珍しいが、どこの出身だ？」

ライアンは真剣な顔でオグを見た。

「オグ、いいか。他言無用だ」

「おい、なんだよ。これ以上、何がある？」

オグはもたれかかっていた背を起こした。

「リンは、ここことは違う異世界の出身だ」

今度こそ理解の範疇《はんちゅう》を超えたのだろう。オグはあんぐりと口を開けて固まった。


ギルド長室をでて、リンがエクレールに続くと、あわせてギルド内の案内をしてくれる。

「二階はさっきのギルド長室と、あとは講義室よ。講座が人気で参加者が増えてね。どんどんギルド長が小さい部屋に移っているの」

朝と夕方にしか講義がないらしく、今は静まり返っている部屋の前を通り、一階へ降りた。

すべてがグレートホールと呼ばれる、大広間にまとまっているらしい。

ホールは吹き抜けで、こげ茶の梁の並ぶ天井が高くに見え、広い部屋だがここも人が少なくがらんとしている。

「日中は静かね。朝と夕方のハンターが来る時間が一番混雑するの。で、あそこが掲示板。狩猟シーズンと獲物の情報、依頼掲示板に、最後が講座の内容と時間のカレンダーね。ちょっと覗いてみる？」

「いえ、あの、私、この国の字が読めないので。どちらかというと読み書きの講座が気になります」

「まあ！　それなら、これを渡しておくわ。もうあと一週間で今年の講座はおしまいなのだけれど、来年一月からの講座予定よ。ライアン様とどうするか相談してちょうだい」

最低限の読み書きはできるようになりたかった。

せめて『金熊亭』の壁に書いてあるメニューや、このチラシぐらいは読めるようになりたい。

外にでた時、鐘が鳴り始めた。カーン、カーンという音が建物の壁にあたり、かなり大きく響く。

「あ……」

朝からも鳴っていたはずだが、全く気づかなかった。

「一刻ごとに鳴るの」

「一日は何時間……えーと、何刻ですか？」

「二十四刻よ。でも、街の外は鐘もないから、時刻を気にしない人も多いわ」

エクレールは肩をすくめた。

必要なものは、との質問に、とにかく何にも持っていないとリンは答えた。

「服も靴も、下着もないです。このマントも借り物で、暖かいものが必要ですし。この国にあったもので、動きやすいものがあれば」

すべてお任せするのが一番だろう。

中央広場から一本入った通りに、まだ若いけれど品揃えと腕が良い、と評判の仕立て屋があった。

店内にはいくつか服も掛けられているが、カウンター後ろの天井まである棚に、巻かれた布地が積んである。

既製品も見本として置いているけれど、ほとんどの人が布を買って自分で縫うか、仕立ててもらうのが普通らしい。

店の奥にある個室に案内され、エクレールと店のオーナーだというレーチェの二人がかりでの採寸となった。

「これは動きやすそうだけれど、ハンターの服なのかしら？」

「いえ、レーチェさん。普通の服、まあ、どちらかというと農作業に向いているでしょうか」

「とっても変わった形と生地ね。縫製はしっかりしているわ。ん～、でも、このプルオーバーは身体に合っていないんじゃないかしら」

レーチェはジーンズを触り、ぶかっとしているセーターを少し引っ張り、眺めている。

「まあ！　……きれいな染めねえ。あら、これはどうなっているの？　この部分で胸を支えているのかしら。見て、エクレール」

「いいわね。刺繍《ししゅう》も細かくてとっても素敵だわ」

二人が今、惚《ほ》れ惚《ぼ》れと見ているのは、リンのアプリコット色のブラだ。

こちらにはないらしく、前からも後ろからも眺められ、どうしても隠すように猫背になってしまう。

「ん？　ここはヒモで結ばないの？　どうやって……。まあ！　伸びるのね」

「あっ。ダ、ダメです。そこは引っ張ると中が見えますぅ」

脱がされるにつれ、興奮していく二人を抑える術は、リンにはなかった。

まあ！　あら！　と、きゃあきゃあ言われ、マジマジと見られ、あちこちポフポフと触られる。
エクレールのような体型だったら、触ってもフワフワで気持ちいいかもしれないのだけれど。

「……布が少なくて、この時期には冷えないかしら」

「夏場にはいいかもしれないわよね。今度、この形のものを作ってみようかしら」

なんだかぐったりと疲れたが、採寸は無事に終了した。

「既製服も少し置くようにしているけれど、リンの場合は作った方がいいわね。サイズに合わせると大人のものからは選べないわ」

きっぱりと言われる。

「子供服……」

今日は子供用のサンプルから選び、ほとんどは急ぎ扱いで仕立ててくれることになった。

デコルテの部分が丸く開いた、足首まで隠れるシンプルな長いドレスが一般的らしい。長さには慣れないけれど、スカートが膨らんでいるわけでもなく、Aラインに近くて違和感がない。

袖口がちょっと長くて、手の甲が隠れるのは体型の差なのか。

子供服なのに胸がぴったりなのは、どういうことだろうか。

これはきっと成人少し前ぐらいの子供用なはず、と、心のなかで自分を納得させた。

赤やピンクの女の子らしい子供服を想像して怯《おび》えていたけれど、落ち着いたアースカラーが多い。

オーバードレス、白のアンダードレス、暖かいマント、フード付きのケープ、下着、レースがヒラヒラのナイトドレス、長靴下と靴下止め。選んで、着替えて、生地をかけて眺められ、小物と布を合わせてまた変える。

「こんなに着替えたのは初めてです。ハンガーの気持ちがわかった気がしますよ」

「あら。もう少しで終わるわよ。がんばって」

遠い目をしたリンに、レーチェの声が笑っている。

服と合わせたい、と、二軒先にある靴職人を呼び、靴もブーツも見繕った。

職人はスニーカーのヒモをほどき、靴底を叩《たた》き、曲げ、真剣な目であちこちの角度から見分した。

最後には、ぜひこれを売ってほしい、と、頭を下げられたが、それ一足しか持たないリンは、丁寧に断るしかなかった。

白のアンダードレスの上にマスタードカラーのオーバードレスを着ると、襟元と袖口から白が覗いた。腰にはネイビーブルーの模様入りの、ドレスと同じマスタードカラーの組《く》み紐《ひも》を結び、肩からネイビーブルーの膝丈のケープを羽織る。

靴はできあがるまでスニーカーだ。スカートで見えないので問題ないだろう。

「ああ、本当に楽しかったわ！　できあがりを楽しみにしていて。また来てね」

買ったばかりの一着を着て、笑顔のレーチェに送りだされ、次に向かったのは薬事ギルドだ。

薬草だろうか、花と葉が描かれた看板の下がった薬事ギルドはハンターズギルドほど大きくなく、こぢんまりとしていた。

扉を開け中に入ると、ハーブや花の香りに、土が混じった生薬のような香りが漂っている。

ハンターズギルドは男性の姿が多かったが、ここは女性が多くゆったりとした雰囲気がある。

通りにつながる扉を閉めると街の喧騒《けんそう》から遠のいた。


カウンターには秤《はかり》、すり鉢、ガラス瓶がいくつも並んでいる。『水の石』らしき青い石が入った瓶もある。後ろの棚にも引きだしと瓶がいっぱいだ。

見ているだけでもワクワクしてくるけれど、何を売っているかがさっぱりわからない。

おススメ通りに、冬の乾燥にいいというローズウォーターと『ベティのクリーム』という名のクリームに、石鹸《せっけん》を買った。


「とりあえずこれでいいかしら」

「エクレールさん、ありがとうございました。自分ではきっと、どうしていいかわからなかったから」

「どういたしまして、リン。気にしないで。私もとっても楽しかったわ。『不足なく、すべて』揃えていいなんていう買い物、なかなかできないものね」

エクレールも笑顔で気にしないように言ってくれる。

確かにリンも、オーダーメイドのショッピングなんて初めてだ。

薬事ギルドでは、棚や瓶を見ているだけでも楽しかった。

「ギルドに戻りましょう、リン。ライアン様がお待ちかねだわ、きっと」

ハンターズギルドで出迎えたライアンとオグは、着替えたリンにちょっと目を見張った。

「サイズの合うものがあったか」

「悪くねえな」

エクレールが眉をあげた。

「まあ！　全くあなたがたときたら、相変わらずですわね。女性が新しい衣装に着替えて披露したのですよ。美しい、かわいいとほめ称《たた》えろとは申しませんが、せめて似合うと言うのが紳士の礼儀です」

ライアンとオグが首を竦《すく》めた。

新しい住まい

工房に戻るとシュトレンが出迎えてくれた。

「おかえりなさいませ。リン様、この国の衣装も大変よくお似合いになられますね。他にも『レーチェ』から、すでにいろいろ届いておりますよ」

そうか、これが紳士の礼儀か。

投げられたリンの視線を気まずそうに流しながら、ライアンは気を取り直し、部屋に入っていく。

「館からも届いているか？」

「はい。アマンドが下働きと料理人を連れてまいりました。料理人はここの設備を確かめ、材料を置いて一度館に戻りました。必要なものを持って夕方に戻る予定です。アマンドたちも今リネン類の補充に外へでております」

「わかった。リン、アマンドはシュトレンの妻で、リンの侍女にどうかと思っているのだが」

「侍女!? あの、私、貴族でもなくて、使用人のいる生活をしたことはないんです。ずっと一人暮らしでしたし。ここの生活に早く馴染《なじ》むようにしますし、一人でも大丈夫ですから」

使用人がそばにいる生活なんて、とても慣れないだろうと思う。

家に戻った時ぐらい、ぐだぐだしたい。

「ここは下働きの者が掃除に入るぐらいで、人が常駐していないのだ。私もこちらはほとんど使っておらぬ。慣れぬ場所で一人は、大変だと思うが？」

「あれ？　でもここ、女性が、奥様かお嬢様かな、が、いらっしゃるのでは？」

「なにを言っている。私は独身で、女性を住まわせたことはない」

ライアンは片眉を器用にあげた。

「私の泊まったお部屋、女の子っぽいかわいい色合いの部屋だったのですけど」

「ああ。……あそこは前にここに住んでいた師匠の……アルドラの趣味だな」

アルドラというのが、ここに住んでいた大賢者の名前らしい。

「リン様、生活に慣れるまで、使用人を置かれた方がよろしいかと存じます。アルドラ様も静かな暮らしをお好みで、メイドが数日に一度、館から通っておりました。食事は『金熊亭《きんぐまてい》』でされておりましたから、料理人は置いておりませんでしたね」

「アルドラは使用人こそ置かなかったが、その分の雑用は私が小間使いのようなものだったぞ」

ライアンは思いだして、ため息をついた。

「この家の裏には使用人棟がございますので、そちらを整えれば私もアマンドと一緒に移ってくることもできます。……本当は館か塔でお世話をするのが一番いいのでしょうが、人の出入りが多くて、リン様も落ち着かないでしょう。それにこちらの塔にいる騎士は男ばかりですから」

リンは慌てた。

館なんて、あんなお城に住むことになったら余計に緊張してしまう。

「いえ、この家を貸していただけるだけで十分です。通っていただくのも、大変だと思いますし」

「そこは気にせずとも良い。皆、慣れている。ただ、安全のためにも慣れるまでは人を置いたほうがいい。使用人棟だったら、別に住んでいるのと同じようなものだろう？」

「そうですけど……」

窮屈そうだが、生活力のないリンは、スポンサー兼保護者にそう言われたらしょうがない。

それに、この世界の生活だって全く知らないのだ。

「わかりました。確かに最初は誰かに教えていただくのがいいですね。よろしくお願いします」

「かしこまりました。……ライアン様、リン様、アマンドが戻るまで、お茶でもいかがですか？」

リンの顔がぱっと明るくなった。

お茶を飲むのは大賛成だ。いつだってお茶の時間はいい。

おいしい一杯はすべての問題を解決する、と、よく言われるではないか。

「お茶だったら私に淹《い》れさせてください！　たくさん持っているんです。厨房《ちゅうぼう》も見たいですし、お湯の沸かし方も知りたいですし」

「確か、荷物のほとんどが茶だと言っていたな。そんなにあるのか？」

「ええ、小量だけのもあるんですけど、二十種類近くは持っているはずです」

「二十だと？　量もすごいが、そんなに多くの茶が存在するとは……。この領に商人が持ってきたもので、私が知るのは三つだな」

三種類か。すべてが昨夜のような渋い紅茶だろうか。

ここでは、お茶はまだ一般的じゃないのかもしれない。

「ありますよ。お茶の品種、採れる土地、作り方によって違いがでて、数千種類の違うお茶があると言われているんですから」

「数千……。リンのいた場所は、そんなに茶を飲むのか」

「私が実際に試しただけでも数百はあります。お茶は、お酒のように嗜好品《しこうひん》とされていて、それぞれの違いを味わって楽しむ方は多いですね。お酒を好きな方もそうでしょう？　おんなじです」

リンにとっては、もう嗜好品どころか生活必需品だ。

好きが高じて仕事にまでなってしまった。

「その、君が持っている茶を、少し飲ませてはもらえないだろうか。私の知る茶とどんな違いがあるのか試してみたい。その分の代金はきちんと払おう」

「お金は結構ですよ。さすがにライアンからお金を取るわけにはいきません。お茶を楽しんでいただければ、それで十分です。ここに保護してくださっているお礼です」

居住空間である二階には居間、食事室、厨房、寝室、浴室などが並び、ライアンが工房で徹夜した時などに、ここで休憩をとることもあるらしい。

早速厨房を見せてもらう。壁にある大きな暖炉がかまどとして使われるのだろう。横に広く、鍋や薬缶《やかん》をいくつも吊《つ》り下げられるようになっている。

暖炉の脇の壁にはパンが焼けるような小さい窯。

壁際には水の入った樽《たる》が置かれていた。洗い場もしっかりあるのに水道が引かれてないのは、街中の共同水場が近くて、その上、『水の石』などもあるからだろうか。

部屋の真ん中の大きな木のテーブルには、料理人が持ってきた食材の籠がいくつか置いてあった。

「館の料理人が数名、シーズンに入ったからと森に入りまして。熟成がいい感じなのでお二人にぜひ召し上がっていただきたい、と持ってまいりました」

そうシュトレンが話すのを聞いて、リンは、ひょいと、かごに掛かった布をめくった。

「うぇぇぇぇ！」

ライアンの後ろに隠れるぐらいまで、後ずさる。

シーズンとは、狩猟シーズンのことか。

頭から足まで、羽毛もすべてついたままの鳥が二羽、かごに首を曲げて、ちょこんと入っている。茶色のふわふわとした塊で、首から上、頭だけが白い。心づもりをせずにご対面は心臓に悪い。

ああ、野鳥って熟成させるのもあるんだっけ……。

「申し訳ありません、リン様。『白首』はお嫌いでしたか？」

「いえ、大好きです！　いや、食べたことないですけど、たぶん。私の国では肉は切り分けられて売られているのがほとんどで、こんな風に、その、丸ごと頭まで揃《そろ》ったのをここまで近くで見たことがなかったんです。ごめんなさい、あの、大丈夫です。自分で毟《むし》れるかはやってみないとわかりませんが、食べるのは楽しみです」

リンは大いに焦った。

「ああ、それでしたら驚かれるでしょうね。さあ、お湯を沸かしましょう」

シュトレンがさりげなく、布を戻してくれた。

水の入った樽は二つあり、『水の石』の水と、外の水場からくまれた森の水に分けられている。

「精霊術によっては水を使い分けるので、この家には常に両方置いてございます。薬缶や鍋はこの棚に。薪《まき》は暖炉の下です。どちらにいたしましょうか」

両方試させてもらうと、森の水が最高だった。

ほのかに甘くて、柔らかみがある。

「これ！　森の水にします。さすが精霊のいる森と言うべきか！　これでお茶を淹れたらきっと違います！」

「そのように違ってくるものか？」

「飲み比べたらわかりますよ。お茶の葉が心だとしたら、水は身体です。水で味わいが変わるので、とっても大事ですよ」

リンは水に大興奮だ。

次にフリントという火打石の使い方を教えてもらい、暖炉の前にしゃがみ込む。

石と鉄を打ち付けて一緒に握り込んだ布の端切れに火花を飛ばすのだが、何度やっても火花がでず、火がつきそうにない。

「これ、湿気《しけ》ていませんか？」

「そんなわけがあるか。シュトレンは火花を飛ばせただろう？　もう一回強く打ってみろ」

そう言われて、思い切り打った。

「うわ!?」

大きな火花がリンに向かって飛んできて、思わず尻餅をつく。

「ああ、リン様、他の者が火をつけますから、練習して危なげなくできるまでは、お一人の時は絶対に火打石を使わないでください」

「鳥が毟れない、火打石も難しいとなれば、一人暮らしは当分無理ではないか？」

ライアンが大変もっともな意見を言った。

お茶の一杯までは、リンが思うより遠かった。


お湯が沸くまでに、持っている茶葉を見せながら簡単に説明する。

「私が持っているのはこれぐらいで、お茶の産地に種類、作り方も違います」

「この硬いのも、茶なのか？」

ライアンが一番独特な形で、紙につつまれた茶をコンコンと叩《たた》いた。

「はい。これもお茶です。このお茶は何年も、何十年も置いておけるんです。むしろ時が過ぎてからの方が味わい深くなる、というか」

「茶葉の色も形も、一つ一つ違うのですね。おや、これは甘い香りがします」

「このように緑の茶は初めて見るな。香りもすっきりしている」

それぞれが袋を手に取り、色や香りを確かめている。

「今日お飲みいただくのは、こちらで飲まれるお茶に近いものにしようと思います」

すでに知っている紅茶なら、それと比べて違いがわかりやすいだろう。

「リンの国、ニホンといったか。ニホンの茶はどれだ？」

「国外の仕入れだったので、残念ですけど日本のお茶は持っていないんです。一つでもあれば良かったんですが」

しばらく緑茶は飲めないかもしれない、と覚悟した。


リンがまず選んだのは、シュトレンが甘い香り、と言ったお茶だった。

ダンクータ　ハンドロールド　ヒマラヤン　ティップ『オータムン　ミスト』

ヒマラヤ山脈の、標高千八百メートルぐらいのところで生産されている紅茶で、茶摘みから製茶の工程がすべて、機械を使わずに作られている。そのため茶葉も大きい。

「紅茶といって、たぶんこちらのお茶と似たような作り方をしていると思います」

二人がカップを取り上げるのを見て、自分も手に取った。

ふわりと香りが立ちあがる。一口飲んで、ほう、と深い息がこぼれた。

おいしい。黒ぶどうのようなフルーティさに、花蜜の甘い香り。鼻に抜けていくのはバラの花の香りだろうか。

自分の日常が戻ったようで、身体がほどけていくのがわかる。

紅茶を口にしたライアンが、驚いたように目を見開いた。

「これはおいしいな。香りも豊かで、渋くもない。これが、茶か？」

「色も透き通って、この赤みもきれいですね。私たちが普段飲んでいるお茶は、もっと茶色く濃い色ですが」

「茶葉の品質や製法で、香りや渋みはだいぶ違うと思うんですけれど、色合いは、茶葉の質だけでなく、水でも変わりますよ。ああ、やっぱり森の水は最高ですね。ノンヌさんがヴァルスミアは森のご加護で水が豊かと教えてくれましたが、お茶を淹れるとよくわかります。森のご加護最高！」

この水があれば、ここでもお茶が楽しめるだろう。

おいしい一杯は、本当に心配事がふっとぶ。

「君がなぜお茶が好きなのか、よくわかる一杯だな」

「でしょう？」

選んだものを喜んでもらえるのが一番嬉《うれ》しい。

お茶を気に入ってもらえて、ニコニコしてしまう。

「市でも言っていたが、リンは、こちらでも茶の店を持ちたいのか？」

「私、実は、私自身がおいしいお茶を飲みたくて、自分の店を持ったんです。広場を歩いた時に、私もこういう風に店をだせたらって思ったんですけど……」

考えながら言葉を続ける。

「でも、今私が持っているお茶を売り切ったら、もう仕入れができないでしょう？　こちらの茶を扱わないと、商売にはならないでしょうね」

「そうだな……。この領で、いや、この国で生産できるようであればいいのだが。今度精霊に聞いてみるが、茶の木を見たことがない。私の知る限り、茶は他国からの輸入品だけで、大変高価なものだ」

精霊に聞いてみる、の言葉にまだ慣れず、リンは目をパチパチとしばたいた。

思っていた通り、お茶は一般的ではないらしい。

「民が気軽に買える値段ではなく、それゆえ喫茶の習慣もない。リンの茶は質が良く、風味も良いように思う。販売するにしても、市に店を構えるのではなく、風味のいい希少品として、王族や貴族が顧客になるような感じだろうか」

「いきなり王族に貴族相手の商売ですか!?　商売のハードルが、一気に城壁の高さぐらいまで、上がった気がしますけど」

ふと、今日の昼に食べた『金熊亭』のソーセージを思いだした。

「私の店にもいくつか置いてありましたが、ハーブティ。薬草茶でしたら、きっとこの国のものを売れますよね？」

「薬草茶？　薬草だったら茶ではなく、薬になるだろう？　精霊術師が精霊の力を用いて薬にする」

ここにも精霊術が使われるらしい。

「『金熊亭』のソーセージにハーブの香りがしました。ハーブ、えーと、薬草自体は手に入るんですよね？」

「ああ、あれは、臭み消しと防腐に使われているな。『金熊亭』の主人はもともと他国から来たハンターで、彼の国ではあのように、薬草を料理に使うらしい。茶としてでてきたことはないが……。それにあれは、茶の葉ではないだろう？」

「茶葉ではないですけど、お茶のように飲むから『茶』って、呼ばれているんですよ。薬草だけでなく、穀物をお茶として飲むこともあります」

「穀物もか。……それはおいしく飲めるものなのだろうか」

ライアンは穀物の味を思い浮かべているようだ。

こればかりは、飲んでもらわないとわからないだろう。

「今度試してみましょう。風味は茶葉と違いますけれど、飲み方によってはおいしく楽しめますよ。薬効もあるんです。薬ほど強い効果ではないでしょうけれど、例えば薬を飲むほど悪くなくても、ちょっと体の調子が悪い時がありますよね。そういう時にいいんです。悪くなる前に治すというか」

「ほう。それは興味がある。薬をなかなか買えぬ民が助かるだろう。工房に薬草を置いているが、リンの知っているものがあるかもしれぬ」

そう話している時に、席を外していたシュトレンが、男女一名ずつを伴って戻ってきた。

頭を下げ、腰を落とした二人をシュトレンが紹介する。


「リン様、妻のアマンドでございます。こちらは料理人のブルダルー」

アマンドはどこかシュトレンに似ている。グレーの髪のすらりとした女性で、テキパキとしていそうだ。

ブルダルーは高齢なのに、元気の良さそうな笑顔のおじいちゃんだ。

「ブルダルーが来るとは思わなかった。爺《じい》はそろそろ引退と言っていなかったか？」

「いやあ、だからワシが一番暇で、自由が利いたんじゃよ。ライアン坊ちゃまのところにお客様だと聞いたもんで、ワシが行く、と、一番にでてきたんじゃ」

ブルダルーが顔をほころばせた。

「爺が元気なのはいいことだ。無理をしないように頼む」

ライアンはブルダルーにうなずくと、二人に向かって言った。

「アマンド、ブルダルー、リンはこの国に来たばかりで、わからないこと、できないことも多い。面倒をかけるが、一つ一つ教えてやってくれ。いずれは元の国にいた時と同じように、自分で生活ができるようになりたいらしい」

「「かしこまりました」」

「アマンドとシュトレンは、裏の使用人棟を生活できるように整えてくれ。下働きはとりあえず、城から通いで様子を見る。ブルダルーは拘束時間からして、通いだと無理だな」

引退間際のおじいちゃんに、とても通いなんてさせられない。

「あの、ライアン、こちらの厨房に慣れて、食材もわかってきたら、すぐ自分でも料理できるようになると思うので。……えと、火打石が使えるようになれば。それまではできれば住み込みで、あの、食材やこちらの料理の仕方を教えていただけたら嬉しいのですが。もちろん無理のない範囲で」

「ふむ。ブルダルー、どうだ？　邪魔にはならないか？」

「邪魔なんてことはありませんのう。ワシでよかったら、お教えしましょう。……火打石が使えなさらんのかね？」

「ああ、今のところ禁止だ。自分に火をつけかねない」

「ハ、ハ、そりゃあ先の長いことじゃのう。今までよく生きていなさったなあ」

「大丈夫です。すぐ！　……ご面倒をおかけします。よろしくお願いします」

方針が決まって、皆がさっと動きだす。

「工房で薬草を見ようと思っていたが、リンはブルダルーの料理を見るか？」

「いえ！　今日のところは、頭と足と、羽毛がないところから、でお願いします」


一階の奥には裏庭へ抜けるドアがあり、その手前、左側に工房はあった。

ライアンはドアを開け、ざっと説明をした。

「ここをでてすぐ左、工房の脇に水場がある。精霊術師は、必ず工房に水場とかまどを備える。右のここは食料庫だな。今はあまり入ってないが、冬に備えて二、三日で一杯になるだろう。あちらが使用人棟で、奥に、見えるか？　小さいが温室だ」

工房へのドアを入ると、最初が執務室。執務室を通って裏庭側が工房だ。

執務室は奥の窓を背にして、机が斜めに配置され、壁のキャビネットには本がぎっしり詰まっている。

工房の方は薬事ギルドを思わせる雰囲気があった。

真ん中には大きな作業台。大きな暖炉の上には、鉄や銅の鍋がかかっている。

暖炉の脇のドアを開けると、すぐ水場にでられた。

引きだしの多くついた棚が置かれ、大小さまざまなサイズのガラス瓶や陶器の壺《つぼ》、すり鉢や天秤《てんびん》ばかりが並ぶ。


暖炉に火の入っていない工房は寒い。

ライアンは、リンにもう一度やり方を見せるように、カッと火打石を鳴らして、火を入れた。

「なんで『水の石』はあるのに、『火の石』がないんでしょう」

「必要がなかったからだな。『水の石』は、戦場で、どこでも誰にでも水が使えるように作られた。火はすでに火打石がある。精霊道具より安価で、誰にでも使え、持ち運びもしやすい。この家はあちこちに『水の石』が置いてあるが、普通、そういうものは民の家にはない。旅する商人か、ハンターが備えに小さい『水の石』を持つぐらいだ」

リンは口をとがらせた。

「火打石を使うの、簡単じゃないですよ？」

「子供でも使えるぞ？　火打石を使わず、リンの国ではどうやって火をつけるのだ」

ライアンは不思議そうにきいた。

「私の国ではそれぞれの家に、こう、このぐらいの四角いかまどがあって、ボタンを押すと、すぐに発火する仕組みが組み込まれていました」

リンはガスコンロの大きさを手で示しながら、ライアンに伝える。

「興味ぶかいな。どのような魔法陣で精霊の力を使っているのだろうか」

「魔法陣も精霊の力も使ってないですよ。私も説明できるほど知らないですけど、どちらかというと、火打石がそのかまどに仕込まれている、という感じでしょうか。あとは電気……、雷の力を使っているかもしれません」

「雷を使うだと？　雷は天の神に属する。神に祈りを捧《ささ》げはするが、精霊のように加護を願えるものではない。面白い。リンの国はとても興味ぶかい。……この国とずいぶん違うのだな」

「ええ、とても。私はこの国の生活を早く覚えるようにしたいです。まずは火打石から」

薬草を見始める前に、シュトレンが呼びにきた。工房のドアは開いている。

「失礼いたします。ブルダルーが鳥の処理を終えましたので、そろそろ夕食を作るそうですが、リン様は見学なさいますでしょうか」

「ああ。リン、薬草はまたにしよう。私はここで少し仕事を片付けてから夕食にする。シュトレン、リンを厨房へ」

厨房ではすでに壁の大きなかまどに火が入り、パンが焼けるような香りもしてくる。

「今夜は『白首』ですね。見学させてください。よろしくお願いします」

「もちろんじゃ。嬢ちゃまは、ナイフは使えなさるかね」

「はい、使えます。嬢ちゃまなんて呼ばれる、かわいい歳《とし》ではありませんよ。これでも成人です」

リンは少しかかとを上げ、胸を張る。

「ワシから見たら孫みたいなもんで、十分嬢ちゃまじゃ。……それならの、このじゃがいもが茹《ゆ》で上がっているから、皮をむいて、小さく切ってくれるかの」

じゃがいもは切るほどのこともなく柔らかいので、ブルダルーはリンのナイフの腕を疑っているに違いない。

「白首は適度に熟成させて、果物や木の実といった森の恵みと一緒に調理するのがおいしいんじゃ。……ほう、ナイフは使えるんじゃの。うまいもんじゃ。今日は、このぶどうに、くるみをあわせる。じゃがいもは別の鍋でつけあわせじゃ」

ブルダルーは切ったじゃがいもを鍋に入れて、弱火にかけた。

たっぷりのバターと温めた牛乳を少しずつ加えながら、つぶしていく。ピュレにするらしい。

かまどを使う難しい点は、やっぱり火打石と火加減だろう。

火力を弱めるには、熾火《おきび》まで待つか、火を広げるか、鍋を上にあげるかしかない。薪の火加減に慣れるまでが難しそうだ。


次にブルダルーは白首に取りかかった。

別の浅い鍋を火にかけ、バターを入れて溶かす。

白首を焼き、軽く焼き色がついたところで取りだし、同じ鍋に塩漬けの豚肉を少しと玉ねぎを入れ、炒《いた》め始めた。

少しのぶどうジュースと、赤ワインをカップ一杯流し入れ、弱火にして蓋をする。

白首の脂の香りに、ぶどうの香りが絡まって、ふわりと立ち上ってきた。

「うわ、甘い香りですね。お腹《なか》がすいてきました。……それはなんの油ですか」

「このぶどうは凍りかけで、今年最後じゃ。その分甘い。油はなんでもいいが、今日はくるみの油じゃな。さ、嬢ちゃま、ぶどうとくるみを取ってくだされ」

ワインのアルコールが飛んだところで、白首とくるみ、ぶどうを皮のまま鍋に加え、ぶどうジュースをまた少し足して、蓋をした。

さらに弱火に落とす。

「さ、これで肉が柔らかくなったら、最後に少しだけ煮つめて『ヴァルスミアの白首』のできあがりじゃ」

「かまどに慣れるまでは、火加減が難しそうですね」

「まあ、どのかまどもクセがあるからな。大抵食いしん坊じゃったら、慣れるのも早いがな」

「そこは自信がありますよ！」

「ホ、ホ。さ、坊ちゃまに、今日は『ヴァルスミアの白首』じゃから食卓に遅れないようにと、呼んできてくだされ。シュトレンがぴったりのワインを選んでいるじゃろう」


できあがった料理は名前の通り、ヴァルスミアの森の恵みが凝縮されたものだった。

柔らかく仕上がった白首は、一切れ噛《か》むと肉汁が溢《あふ》れた。脂の旨《うま》みと甘味《あまみ》が広がって抜ける。厨房で漂っていた香りほど、甘くないのが逆に不思議だった。ジビエは久しぶりだなあと思いながら、周囲の煮詰めたソースをつけると、ぶどうの甘さと、クルミのコクがよく合った。

少しの野生臭さ、果実に、木の実。森の自然がそこにあった。この時期にこの場所でしか食べられないものだろう。

それを持ってきたブルダルーは、さあ、これがヴァルスミアだ、と教えてくれたに違いない。

ああ。もう師匠と呼びたい。

異世界初めての夕食は、大満足で終わった。

精霊術師もハンターも走る月

十二月に入っても相変わらずリンの火打石は火がつかないままだったが、一つ一つの作業に時間がかかる異世界での生活にも慣れてきた。

冬至を前にライアンはこれから精霊術師としての仕事が多くなってくるという。

今日もその調整で遅くまでかかったようで、結局一緒に夕食を取ることになった。

「夜が一番長くなる日は『ユール』と呼ばれ、太陽が新たに生まれ変わる。一年のうちでも重要な儀式の一つがある。祭日だから準備も賑《にぎ》やかでリンにも楽しいと思うが、毎日とにかく慌ただしい」

「十二月は私の国でも『落ち着いた先生でも走り回るほど忙しい月』と言うんですよ」

「世界が違っても、そこは一緒ということか」

ユールの祭日には儀式の一環として、ユール・ログと呼ばれる特別に太い、丸太のような薪《まき》が必要となるらしく、ライアンたちはそのための木を下見に、明日は森へ入るのだ。

「ライアン様、明日ですが、ハンターズギルドのオグ様から、採集の依頼がいくつかまとめて入っているので、ハンターを同行させて一緒に済ませたいと連絡がございました」

「毎年のことだな。ユール・ログにする木の伐《き》りだしも近い。一緒に済ませてしまった方が、面倒がないのだろう」

夕食の席で予定を聞いたリンは、自分の現れた場所を見たいので、森に連れていってほしいとお願いしていた。

翌朝、身支度のお手伝いを、とアマンドが部屋に入ってきた。

「まあ、いけません。ハンターの女性でもこのような、足の形のわかる恰好《かっこう》はいたしませんよ」

森へ行くなら、と、ジーンズをだしておいたのだがアマンドに却下され、普段の長いワンピースドレスを着せられている。寒さ対策で、下にスウェットをはくのもダメだそうだ。

どう見ても雪の積もる森に入る恰好には思えない。

ベルトに小さな革袋を下げ、中にスマホや貴重品を入れて準備完了だ。

玄関でブルダルーから小さめの背負い籠とナイフ、笛を渡された。

「森ではなにかしら採集できるものがあるから、持っていくがいいですよ。嬢ちゃま、触っちゃ危ないものもあるから、ライアン坊ちゃまの言うことをよく聞いて、気を付けて行ってきなされ」

「はい、師匠」

籠だけが森にぴったりだった。

森へ一緒に入るのは、騎士にハンターと、かなりの人数になるようだ。

梯子《はしご》に籠、ナイフに弓、とそれぞれが何かしら背負っている。

ハンターたちと話すオグの顔が見え、ライアンはフログナルドから報告を受けている。

リンは森に入りながら、オグとライアンに森歩きの基本的なことを教えてもらった。

「そうだな。初めはこの小道を外れない方がいい。ここいらの子には森は庭のようなもんだが、リンはまだ慣れてないからな」

「ああ。この森は広大で深い。聖域までは子供でも行っていいが、それより奥はハンターの入る領域だ。リンも今はまだ入らない方がいいだろう」

「俺たちだって森の果てを見たことがないぜ。よそ者は、領土は広いが半分は森だろうって貶《けな》すけどな。それのどこが悪いんだよ。なあ？」

　オグの言葉に周りを囲むハンターや騎士が、そうだ、とうなずいた。

「聖域のある森ですもんねえ」

「敵は惑わせて通さず、領民には豊かな水と大地の実りを与える。森は領民の誇りだ」

　これにも全員が大きくうなずいた。

「ああ、それから、オークの木は傷つけてはいけない。高位の精霊術師が願って、オークの許可がでた時に限り、伐ってもいいことになっている」

「ドルーに尋ねるんですか？」

「オークの木の前で願うと、枝が落ちてくる。それが許可だ」

　なんともこの国らしい、不思議な話だった。

　ユール・ログの伐採日は、街の人もハンターも総出で、二十本近くの木を伐りだし、中央広場まで運ぶのだという。

「どれもでかい木になるからなあ。伐るのも、運ぶのも大変だ。家族も揃《そろ》って見にくるし、酒も入って大騒ぎだよ。天気が良ければいいが」

「中央広場で何をするんですか？」

「木を一抱えぐらいの長さのユール・ログに分けて、館と民の家に分ける。そして冬至の日には、日没から翌朝までそれぞれの家でログを燃やして、来年の豊穣《ほうじょう》を祈るのがユールの儀式だ」

「ほら、このバーチの木は、春、一番にすごい勢いで芽吹く木だ。それにあやかって子宝に恵まれるってんで、新婚カップルの家に配るようにしてんだよ。毎年必ず用意してやるんだ。……ライアン、あとそっちの木も候補なんだが」

オグはライアンに確認してさっさと印をつけ、早いペースで歩き回る。


ハンターたちはすでにギィと呼ばれるヤドリギの枝や、常緑の蔦《つた》や枝を刈りはじめていた。

ギィはたいてい寄生している木の梢《こずえ》、高いところにボールのような形に密集しており、梯子がないと手が届かない。器用に枝をつたって登っていく者もいる。

「これは儀式に使うんでしょうか？」

リンのそばにいたフログナルドが答えた。

「今日は薬事ギルドから、大量の採集依頼が入っているそうですよ。薬になるのです。ギィや常緑の枝や実を合わせて、ユールの飾りにも使います」

クリスマスリースのようなものだろうか。

「せっかくですから、飾り用にいかがですか？　この辺りでしたら、上に登らなくても大丈夫ですよ」

こちらの飾りをつくるのもいいか、と、フログナルドに教えてもらいながら、しばらくせっせと枝を切り、蔦を引っ張る。

ギィも入れたいが、さすがにドレス姿で梯子はまずいだろう。

「誰かに頼まないと無理か」

樹上のギィを見上げ、近くで話しているライアンやハンターたちを見やる。

「欲しいのか」

ハンターの声が後ろで聞こえた気がした。

「はい」

うなずいた瞬間に、一抱えほどもあるギィが、バッサリと目の前に落ちてきた。

地面に広がった柔らかい金緑の枝に、あっけにとられる。

「リン、いったい何をした」

近くで話していたライアンが、気づいてこちらに来る。

オグもフログナルドも、落ちてきたギィを見つめて唖然《あぜん》としている。

「えーと、欲しいのかって聞かれた気がしたから、はい、って返事しただけなんですけど……」

リンにも何が起きたのかわからない。

「普通は返事をしただけで、ギィは落ちぬが。……全く、森は君に甘いらしいな。森の好意だろう。もらっておけ」

呆《あき》れたようにライアンに言われた。

リンの背負い籠は、順調に一杯になった。

刈らなくても落ち、引っ張る前に外れてくるのだから。


聖域の近くまで来た。

騎士とハンターたちは、この後さらに奥の方へ進むという。

「リン、この茂みを回ったところから先が、聖域になる」

ライアンに連れられ、リンは聖域に足を踏み入れた。

「……よかった。はじかれなかった」

まず目に入るのがオークの大樹だ。

何人もが手を繋《つな》がないと木の幹の周りを一周できないだろう。幹の下の方には大人が中に入れるほどの洞《ほら》が見える。樹高も高く、腕を伸ばすように空一杯に枝を広げている。

その根元には水が湧き、小川が聖域の外へ流れだしていた。

「これがドルーの宿るオークの木なんですね。こんなに大きな木だとは、あの時は気づかなかったです。昔からここに在るのでしょうね」

「ああ、ドルーに聞いてみたことがあるが、本人にもいつからここにいたかわからないらしい。忘れるぐらいには十分昔だ、と言っていた。……リン、聖域なら安全だから、少しの間ここにいてくれるか。すぐに戻る」

「ええ。大丈夫ですよ。少し休んでいます」

結界の中がシンと静まると、リンはゆっくりとオークの木に近づき、ごつごつとしたその幹にそっと手を触れた。

「……やっぱり帰れない、か」

今日森に入ると聞いて、どうしても試してみたかった。

ひょっとしたら、あの時と同じように触れたら、戻れるかもしれない。

そんな、全く根拠のない希望だった。

腰につけた小さな革袋には、スマホと家の鍵を入れてきた。それがあれば突然戻ってもなんとかなる。そう思った。

鼻の奥がツンとしてくる。

目の前の景色が滲《にじ》んで揺れた。

「帰りたかったよ。家に帰りたかった」

でも、もうかなわない。


森の様子が変だ、いつも見かけない獣が奥からでてきている、と、ハンターからの情報があった。

ライアンはハンターたちと一緒に奥へ入るというフログナルドと軽く打ち合わせ、聖域の近くまで戻り、見えた光景に立ち止まった。

リンはオークに手をついて、下を向いていた。押し殺すような嗚咽《おえつ》が聞こえる。

ああ、これを試すために今日ここに来たのか、とライアンにもやっとわかった。

全く知らない場所に一人で来て、それでもリンは取り乱さず、不安も動揺もすべて隠して馴染《なじ》もうと努力している。

リンに同調しているのか、普段なら聖域では飛び回って騒がしいぐらいの精霊が、様子を窺《うかが》い、そっとリンに寄り添っている。

こんなところで一人泣くのか、と、ライアンは小柄で細身の、子供のような背中を見つめた。

真冬のある日

帰れないという事実を森で確かめた後、リンはなるべく忙しく過ごすようにした。

考えないわけじゃないが、それでもここで生きていくしかないのだ。

悩んで後ろ向きに生きるより、今やれることをするしかない。そう心が決まった覚悟は大きかった。

晴れた日は森へ採集に入り、吹雪《ふぶ》く日には料理を習う。ライアンからこの世界のことを学びながら、深く思い悩まないようにしていた。

たぶん森でライアンに見られたのだろう。

何も言わなかったけれど、準備で多忙と言っていたにもかかわらず、以前より工房で執務をとり、夕食もなるべく一緒にして気遣ってくれている。

どうも文字を読める加護はついていないらしいんですよ、と言ったら、館から子供の時に使ったという教科書をいくつか持ってきてくれた。

『外国人のためのフォルテリアス語』なんていう便利なテキストは当然ない。

リンは亡くなった父が国内、国外問わず転勤が多く、外国語に対してあまり抵抗感がない。

英語は最初に厳しく身に付けさせられたが、他はそこそこ通じれば、それでいいと割り切っていたところもある。

やけに複雑なフォルテリアス語の文法は、雪に閉じ込められている間、集中して頭を使うのにぴったりだった。

ビュウビュウと音を響かせていた吹雪が止《や》み、珍しく青空が見えている。久しぶりの天気のためか、家の者は溜《た》まった用事を片付けにでかけたようだ。

リンは頭から足元までしっかりと着込み、採集用の籠を背負った。

リンが作ったユール・ログに付ける飾りは、美しく豪華だと皆に褒められた。手元には、常緑の柊《ひいらぎ》、スプルースと呼ばれる樅《もみ》ノ木《き》の枝、蔦《つた》、ギィなどがたっぷりとあり、気を良くしてさらに作った。

暖炉の上のマントルピースにテーブル、ドアと、家じゅうを飾れば、祝祭の気分が盛り上がる。

同じのを作りますね、と『金熊亭《きんぐまてい》』のノンヌとハンターズギルドのエクレールに約束したのだが、材料が少し足りない。

この晴れ間を、リンも待っていた。

「うわあ、まぶしい」

雪が大地をすっぽりと包み、光を反射して輝いている。

すでに森に入ったハンターたちがいるようで、踏みしめられ、森の奥へと続く小道ができていた。

塔の前に立っていた騎士にペコリとお辞儀をして、リンは森へと踏み込んだ。

「確かこの辺だった気がするんだけどな」

すべてがこんもりとした白で覆われている。ここと思った場所でリンは手を伸ばし、飛びだしていた枝を握った。ガサガサと揺すって雪を払い落とす。

探しているのは色のアクセントに使う、赤い実だ。茂みの陰に、柊の小さな木を見たような覚えがあるのだが。

「うーん、ないな」

小道に沿って、雪を払い落としながら進む。背伸びをして高めの梢《こずえ》を揺さぶった時、ザザッという音と共に、跳ね上がった枝がリンの上にも雪を落とした。

「うひゃいっ」

首をすくめ、身体をひねってやり過ごした。

思ったより広範囲で雪が払われたようで、視線の先に濃い緑と赤が見える。

「あった！　……お、おおおぅ？　ひゃっ」

実にめがけて数歩歩きだした次の瞬間、足元が抜け、リンは腰の上まで埋もれた。木の下に窪《くぼ》みがあったところに、はまり込んだらしい。

「うわあ。見事にすっぽり」

面白がったのは最初だけだった。

足を動かそうとしても上がらず、少しでも動かすと、余計に深く潜り込むような気がする。

この小道を外れるな、という注意を、やっとその時思いだした。

手で雪を掻《か》き分けても、空いたスペースに新雪が崩れ落ちてくる。

「……困った。これ、脱出できるの？」

リンが手足を動かし、ぐるぐると身体をひねって雪と格闘していると、強く風が吹き込んだ。雪が吹き飛ばされているようだが、冷たい風に頬《ほお》を切られるようだ。

「うわ。痛い痛い。冷たい」

腕で顔を覆うと、風が止んだ。

今度は雪の表面がモコモコと動いたかと思えば、周囲に跳ね上がり、リンの周囲に穴を作った。

「……モグラ？」

少し動けるようになってリンも雪を掻くが、やっぱり崩れ落ちてくる。

冷たさがじわじわと身体に応え、そろそろ限界だった。

ほろほろと落ちてくる雪を眺めた後、リンは大きく息を吸い込んだ。

「誰かいませんかー。助けてくださーい」

ここはまだ森の入り口に近い。声が届けば、誰かが見にきてくれるかもしれない。

「すみませーん。誰かー」

三回めに叫んだ直後、雪を踏む足音が聞こえ、男が顔をだすのが見えた。挨拶をしたばかりの塔の前に立っていた騎士だ。

「あ！　大丈夫ですか？　……いたぞ。こっちだ」

「すみません。お手数をかけます！」

リンを見つけた騎士はすぐに後ろを向き、手を挙げると、さらにもう一人を呼んだ。二人とも『森の塔』の前でよく見かける顔だ。

「お怪《け》我《が》はありませんか？」

「大丈夫です。ただ、抜けだせなくて」

「木の周囲はこういうツリーホールができていることがあって、危ないんですよ。いや、頭まで埋まってなくて幸いでした」

ぞっとした。頭まで埋もれていたら、パニックになっていただろう。

「ちょっと待ってくださいね」

騎士二人が腹ばいになって雪を掻き、手を伸ばしてリンの腕をつかんだ。引っ張り上げてくれようとするが、ずるずると足が雪に潜り、うまく抜けられない。

一人が立ち上がり、腰のあたりまで雪に埋もれながらリンの隣に来た。

「さあ、膝に足を」

「え……」

「大丈夫ですから、どうぞ」

片足を曲げた上に足を載せろと言われ、ためらったが他に方法がない。

リンが右足をかけると、上の騎士が両手を持ち引っ張る。

「失礼します」

隣に立つ騎士がリンの腰を両手で支え、ぐいっと持ち上げる。

押し上げられ、引っ張られ、リンはやっと這《は》いだすことができた。

「ありがとうございました。本当に助かりました」

リンが散々にもがいた雪だまりだが、一緒に穴に入った騎士はもう一人の腕を借りて、危なげなく抜けだしたようだ。

深く頭を下げたリンに、心配そうに一人が声をかけた。

「採集だったかと思いますが、今日は雪が深い。誰か手の空いている者に、付き添わせましょう」

「い？　いえ。大丈夫です。そんな、騎士様方に付き添っていただくほどのことではないんです。今日はもう諦めますので」

慌てて身体の前で手を振るリンに、もう一人がクスリと笑った。

「では、休みで森に入る者がおります。ついでに採集を頼んでおきましょう」

森の入り口まで戻ると、塔の前にフログナルドとシムネルを従えて、ライアンがでてきていた。

ライアンにも連絡がいったようだ。

心配げだった顔がなんともいえない表情を浮かべ、ため息をついた。

「リン、怪我は？」

「はい。それは大丈夫です」

「髪にまで雪が付いている」

ライアンの言葉にふと見降ろせば、服は雪にまみれ、自分では見えないが髪にも付いているのだろう。

慌てて髪に手をやり、ドレスをパタパタと叩《たた》いていると、ライアンがシルフを呼び、何かを告げた。柔らかな風がリンの周囲を取り巻き、雪を飛ばしながら吹き過ぎていく。

「あ、ありがとうございます。ちょっと、木の下にすっぽりとハマりまして」

「全く、なぜこんな深雪の時に一人で森へなど。小道からは外れるなと最初にオグに言われただろう？　無事だったからよかったようなものの、頭から落ちていたら死ぬことだってあるのだ。雪の下で見えぬ小川に落ちたら、凍え死ぬだろう。真冬の森を甘く見ては……」

「ライアン様、このままではリン様が風邪をひきます。まず家へ戻られた方が」

心配が怒りに変わったらしいライアンの言葉が止まらず、言い募るのをシムネルが遮った。


リンは無事に家へと戻れたが、着替えが済み、温かいお茶を持って暖炉の前に落ち着いた後も、ライアンの説教は続いた。

「わ、わかりました。次は十分に気を付けます。……もう。どこのお父さんですか」

「何か言ったか？」

ポソリと呟《つぶや》いた声はライアンには届かなかったらしいが、空になったリンのカップにお茶を注いでいたシムネルには聞こえたらしい。肩が小刻みに揺れている。

「いいえ！　ご心配をおかけしました」

リンを心配したありがたい説教は、大変長かった。

それはもう、二度と小道から外れるのはやめようと決意したほどに。

薬草茶を試す

ライアンの執務の都合がつけば、執務室でお茶の時間だ。

最初は居間でお茶を飲んでいたが、結局最後は工房に移動して、二人して薬草や薬花などを見ながら立ち飲みしているのをシュトレンに見つかり、最初から執務室にお茶が持ち込まれた。

「そろそろ休憩されませんか？」

ライアンが休憩をとらないと、シュトレンがそっとお茶のセットをリンに渡す。

リンの持つお茶を気に入り、ライアンもこの時間を楽しんでいるのではないかと思えるほどには、いそいそと机を片付け、断られたことがない。

このままお茶が習慣になればいい、とリンは目論《もくろ》んでいる。

お茶を楽しめるのが一人では悲しいのだ。お茶の時間は、会話の時間でもある。リンの知るお茶や薬草について話し、逆にライアンからこの国の成り立ちや習慣も教えてもらっている。

この国らしいと思ったのは長さと重さの単位だ。

長さはオーク。重さはバーチ。どちらも木の名前から採られている。

「オークは、建国の際に落ちてきたオークの木の枝の長さが基準になっている。バーチは、昔、パンの重さを量るのに、手元にあったバーチの薪《まき》を使ったらしい。今でもパンは薪のように細長くて、一バーチが基本の重さだ」
これだ、と見せてもらったが、一オークが三十センチぐらい。一バーチは量れば、台湾茶の六百グラムの包みと釣り合った。

魔王や勇者といった人物はいるのか、ダンジョンはあるのかといった、ライアンに呆《あき》れられた質問もしたが、賢者はいるのに勇者はいないようだった。

リンは少しずつこの世界の知識を広げ、理解を深めていった。

今日は実際にライアンの工房にある薬草を使って、薬草茶を試すことになっている。

リンはいくつか飲みやすそうな薬草を選ぶと、お茶のトレイの上に並べた。薬草をブレンドせず、最初は一種類ずつ試してみようと思っている。

白黄色い花と細長い苞《ほう》のついた薬草をポットに入れて、お湯を注いだ。

カップに注ぎ、ほんの少しだけ蜂蜜を落とす。カップの中は、お湯に黄色く色が付くか付かないかぐらいの色をしている。

「まずはティヨルの花のお茶です。蜂蜜をちょっと入れてみました」

ライアンはまず香りを確かめ、一口味わった。

「……薬草だからと身構えたが、飲みやすいな」

「薬草でも、これだと受け入れやすいでしょうか」

「館にティヨルの木があるのだが、初夏に花が満開になると、辺り一面にこの香りが漂うのを思いだした」

　気に入ったのか、ライアンはさらに続けて飲んでいる。

　リンもそれを見て、カップを手に取った。柔らかな花の香《か》に、ほんのりと甘い蜜の香りがするのだが、蜂蜜を入れるとさらにおいしくなるのだ。

「ティヨルは眠れない時にもいいですし、のどの痛みを和らげて、咳《せき》止《ど》めになる効果もあると言われていました。こちらでも飲まれるといいんですけど」

　ライアンは少し考え込んだ。

「薬草は精霊の力で成分を凝縮させて、より効果の高い薬にするべきだ、という考え方がこの国では一般的だ。そのために精霊術師は薬草学を学ぶし、実際、精霊術を用いて作った薬はよく効くので、他国との重要な通商材料の一つになっているぐらいだ」

「それじゃあ薬草をそのまま使ったお茶なんて、飲まれないわけですねえ」

「もともとお茶を飲むという文化が、この国にはなかったこともある。ここ数十年で考えると民の生活も楽になってきたが、その前までは生き残るために食べるということが第一義だった」

「なるほど」

「南にある領地と比べ、北ではどこも農地が少なく、森が豊かとはいっても今でも厳しい。領民が食を楽しむ、と考えられるようになったのは、つい最近の話だ」

リンはうんうんとうなずいた。

「食べられる薬草や穀物があったら、お茶として楽しむより腹を満たす、ってなりますよね」

リンにとって茶は生活の中になくてはならないものだったけれど、一般的に、茶は嗜好品《しこうひん》だ。その香りや味わいを楽しむもので、つまり生活に余裕がなければ楽しめないのだ。

「ただ、リンの言う、不調を整えるとか、悪くならないうちに治すという考えは有効だと思う。希少な薬草の使用は許可しがたいが、ティヨルのように手に入りやすい薬草を使って、リンが民の健康の一助として薬草茶を広めるのであれば、それは国策としても成り立つと思うが」

「ライアンと話すと、なんだかいつも大きな話になってしまうんですけど……」

王室御用達《ごようたし》の次は、国策ときた。

お茶好きの人々においしいお茶を届けることだけを考えてきたリンには、話が大きすぎて何から考えたらいいのかわからなかった。つい、工房から持ってきた別の薬草をくるくると回してもてあそぶ。

手に持った薬草のくるんと丸まった葉には、白い産毛がたっぷりと付いている。

「あ、このセージはティヨルの花と同じような効果があって、のどが痛い時にも、消化を助けるのにもいいんですよ」

「セージは『金熊亭《きんぐまてい》』でも肉料理に使われているな。じゃあ、次はセージ茶を試すか」

「あ、でも、男性にはあまりおススメしないんです。女性も、妊娠中は避けた方がいいかも」

「なぜ男性はダメなのだ？　健胃効果もあるし、薬に使われることも多いのだが」

「えーと、うー、言いにくいんですけど……。まあ、知らない方がまずいかもですね。セージは女性らしさを助ける効果があるんですよ。なので、男性が飲むと、えーと、男らしさがなくなるというか、夜に、その、力強くなくなるというか……。あの、わかります？」

歯切れの悪いリンの言いたいことがわかって、ライアンは目を見開き、リンをまじまじと見た。

「なんだと!?　そのような効能は聞いたことがないが。逆に強壮効果、疲労回復効果があるとして、男性には人気だ」

二人で見つめ合い、ライアンはふうっと息をついた。

「セージは万能薬と言われている薬草だ。正反対のことを言っているようだが、確かにそういう効果があるのだろう」

「どなたかが試したら……。まあ、立候補者はあまりいないでしょうけど。大量のセージを毎日使うのでなければ、問題ないと思いますけど」

リンは肩をすくめたが、ライアンの顔は真剣だ。

「薬にはそれを濃縮して使っているのだ。早急に薬事ギルドに検証させなければ」

誰に、どう試させるというのだろう。

「薬事ギルド、女性が多かった気がしますけど。あ、ほかの薬草についても、検証お願いします。効き目が私の知るものと、同じではないかもしれませんし」

「……そうだな。すでにここまで違いがあるのだから」

検証して、もし春から薬草茶を売りだせたら、お茶屋さんへの第一歩になる。国策の部分はライアンに任せるが。

どのような理由が付いても、まずはお茶を飲むことを楽しんでもらえればいい。そしていつか、それが生活の中に溶け込んでいければいい。

壮大な夢に、よし、がんばろう、と、リンはカップを手にとった。

「あ、そうだ。逆に身体を温めて、男性が力強くなりやすいっていうのもあるんですよ。お茶に加えてもおいしいですね」

ティヨルの花茶を飲み干し、リンがさらりと言った。

「……それはなんだ？」

「……必要ですか？」

聞きたそうな、でも、そう言えないような顔をしているライアンに、リンはちらりと視線をやった。

お茶屋さんと精霊術

その日、リンは朝から何度も工房の横の水場と三階を、行ったり来たりしていた。

執務室にいたライアンは、最初こそまたお茶を淹《い》れるのかと思っていたが、さすがに何回も部屋の前を通られると気になった。

「リン、先ほどから、いったい何をうろうろしている」

「お風呂用の水《みず》汲《く》みです」

「風呂には『水の石』があるだろう？　それとも風呂も茶のように、森の水の方がいいのか？」

「え、うーん。今まで『水の石』しかお風呂に使ってないのでわかりませんけど、まあ、そういうこともあるかもしれないですね。でも効果がどうとかじゃなくて、『水の石』の値段を昨日聞いたのでさすがに使いにくいんです」

「『水の石』の値段など大したことあるまい」

「ありますよ！　桶《おけ》一杯分の水がでる小さいタイプで三銅貨ですよ。『金熊亭《きんぐまてい》』の食事より高いんですから。お風呂の大きさだったら、小銀貨どころか銀貨になるじゃないですか」

「金貨じゃないのだから、いいだろう？」

「金貨なんて領地間の通商ぐらいにしか使わない、って教えていただいたばかりですけど！」

ライアンの感覚は、物価に関しては全くあてにならない。

この国の貨幣は、小さい方から小銅貨、銅貨、小銀貨、銀貨、金貨となっている。小銅貨が四枚で、一銅貨。銅貨が四枚で小銀貨だ。銀貨から金貨は、その時の金の価値で違うようなのだが、今はだいたい十二銀貨が一金貨になるらしい。

日常では小銅貨や銅貨を使うことが多い。

庶民が食べる、一バーチの重さのライ麦パンが一銅貨ぐらいだ。この大きさで大人一人の一日分になる。ライアンが普段食べている、ふかふかの小麦白パンは、半バーチで三銅貨もする。六倍だ。でも領主の息子であるライアンにはこちらが普通なのだ。それを踏まえて考えないといけない。

リンは最近、庶民の生活や物価に関しては、ブルダルーやアマンド、『金熊亭』に来るハンターたちに教えてもらうようにしていた。

「私の国では、毎日お風呂に入るのが普通だったんです。ライアン自身が精霊術師で『水の石』を作れるから余計気にもしないんでしょうけど、水汲みの労力だけでお風呂が気兼ねなく使えるなら、そっちのがいいと思って。身体も温まるし、リラックスできるし」

住む場所によっても違うのだろうが、ヴァルスミアでは外の水場の水は無料で手に入る。

「まあ、清潔に保つことは悪いことではないが。そんなに風呂が好きなら、自分で『水の石』を作るか？　そしたら気兼ねなどいらないだろう？」

「え？　精霊術師じゃなくても作れるんですか？」

「精霊の加護があるというのが精霊術師の条件で、リンなら大丈夫だ」

「えーっ、そうしたら使いたい放題？」

掛け流しの温泉のように湯舟からあふれるほど、とはできないが、それなら気にせずたっぷりと使える。

それに『水の石』を自分で作る、精霊の力を使うということに、リンは興味をひかれた。

異世界に来たのなら、誰だって特別な力を使ってみたいではないか。

「そうなるな」

「やってみたいです！」

「次に晴れた日に、聖域で作ってみよう」


聖域に入ると、ライアンは白い色をした鉱石を腰の袋から取りだした。

「これはフォルト石という。精霊の加護が乗りやすい石で、これを核として水の精霊の力を加えて、『水の石』を作る」

「フォルト石」

「ああ。高価な石ではないぞ。この国のどこでもよく採れるし、大口の注文でもなければハンターがでることもない。タダ同然とまでは言わないが、まあ、子供が小遣い稼ぎに探す程度だ」

核は小銀貨ぐらいの小さな石だった。それで桶一杯分の水が貯《た》められる『水の石』になる。大容量にするには、大きいフォルト石を核にするそうだ。

「フォルト石を湧き水に入れ、祝詞《のりと》を唱えて加護を願う」

「祝詞って？」

「ああ、精霊と話し、その力や加護を願う言葉だ」

どうやら精霊と話すには、特別な言葉が必要らしい。

「続けるぞ、一番純度が高く、質のいい『水の石』になるから聖域に来たが、清浄な水のあるところであればどこでもかまわない」

「精霊術師だったら誰でも作れるんですか？」

「水の精霊オンディーヌの加護がある者なら。大多数の術師が持つ加護は、水、風、火、土の四大精霊のどれか一つが普通だ。まれにあっても二つだな」

「……私にオンディーヌの加護がありますか？」

「ああ。……この聖域には四大精霊すべての加護がないと入れない。つまり、リンは問題なく作れる」

「えっ!?」

何かとんでもないことを言われたのはわかった。

しかし、普通の術師は一つか二つの加護で、リンはすべての加護がある、と言われても、精霊術を使ったことのないリンに実感はない。手を開いたり握ったりしてみるが、何も感じるところはなく、首を傾《かし》げるばかりだ。

ライアンから見れば、リンほど精霊に好かれている者はいない。

一度雪に埋もれたのには、精霊たちも驚いたのだろう。リンが遊んでいるのかと見ていたら、違って、あの時は大慌てをしたらしい。

今ではリンが歩く先にシルフが風を送り、雪を払っている。元から聖域は精霊が多い場所だが、リンが聖域に入った途端、精霊が慕わし気にリンの周辺に集まってきている。

どうやら精霊は白銀の髪だけでなく、黒髪も好むらしい。


「では、まず手本を見せるぞ」

ライアンが核となるフォルト石を水に沈めた。

結んでいた白銀の髪をほどくと、光のオーブがふわふわと楽し気にライアンの髪に集まった。

「水の精オンディーヌよ、清冽《せいれつ》な水の加護を我らに。この石をもってその力、恵与にあずからん。

アロ　サフィラス　グッタ　アクア　クラルス　イーデム　アクア　カエレスウェイス」

リンがじっと湧き水を覗《のぞ》き込んでいると、水面が揺れ、雫《しずく》が跳ね上がった。揺れが収まると、もとの石より少し大きい、うずらの卵ぐらいのコロンとした『水の石』が沈んでいるのが見えた。

色は透明なアクアブルーで、ライアンの目の色と似ている。

「あ、変わった！　これはまた、なんとも言えないきれいな色ですねえ」

ライアンが湧き水から卵型の石を取りだし、リンの手のひらに載せた。

「聖域で作る石はいつも高貴で、清く澄んでいる。これで終わりだ。簡単だろう？」

「祝詞を覚えるまでが大変そうですけど。最後の部分は、フォルテリアスの言葉じゃないですよね？」

「この大陸で使われていた古い言葉だ。今はもう祝詞にしか伝わっていない、精霊との対話言語になる」

「あれ、魔法陣はいつ使うんですか？」

「リンがその石を使うなら、簡単な水の祝詞だけで使えるので魔法陣を刻む必要はない。覚えたいなら教えるが、陣は複雑で、また違う土の祝詞がいるが」

「うー、一度には無理です。次の機会にお願いします」


　次はリンが試す番で、ライアンは湧き水の前にしゃがむリンに場所を譲った。

「ここに沈めて、と。……あ、髪はほどいた方がいいですか？」

　見上げたリンに、ライアンはじろりと冷ややかな視線を返した。

「……必要ない。さて、最初だ。私の後に続いて、できるだけはっきりと祝詞を唱えよ」

　リンの声が、ライアンの後を追いかけるように聖域にひろがる。

　声に乗って青く瞬く光のオーブが飛び回り、先ほどよりずいぶんと大きな飛沫《しぶき》が上がっているようで、リンは慌てたようにライアンを見上げた。

　ライアンも祝詞を唱えながら湧き水の辺りを見つめ、眉を上げた。このような反応は、今まで見たことがない。

水面が静けさを取り戻すと、リンが嬉《うれ》しそうな声を上げた。

「できてる！　……ん？　ライアン、なんだかずいぶん大きいですよ」

冷たい水にびくりとしながら、リンが水中から大きな石を取りだした。

「なんだこれは……」

ライアンはできあがった想定外な『水の石』に目を見開き、固まった。

「どうしてでしょう？　二人分の祝詞だったから、ですかね？」

リンは首を傾げながら、呆然《ぼうぜん》としたライアンの手にできあがった『水の石』を渡した。リンの手よりも大きいその石はズシリと重く、澄んだ水色に美しく輝いていた。

しばらくして、ライアンは、ふうと一つ息を吐くと、額に片手を当て言葉を絞りだした。

「……そんな話は聞いたことがない。だいたい、すべての術師見習いは、今やったように師匠の後について祝詞を習うのだ。それでもこんな現象は起きたことがない。これはどう考えても君のせいだと思うが」

「何でですか！　ちゃんと言われた通りにやりましたよ」

リンは抗議するが、他の精霊と比べていつもは淑《しと》やかに振る舞うオンディーヌが、リンの初めての呼びかけに喜び、水を跳ね上げ、くるくると踊っていたのがライアンには見えていた。

「しかし、神々しいな。これは王室に献上してもいいぐらいの貴石だ。聖域で作られた『水の石』として以上の価値がある」

「作って売ったら、私、問題なく生活できますね」

「作って売ったら、拉致されてどこかに監禁されるだろうな」

リンの無防備さにライアンは不安を覚えた。

これが不用意に外にだしていいものではないことを、リンは全くわかっていなかった。

このように価値のあるものを作れる精霊術師がいるとわかったら、生活できる、どころではないだろう。自国、他国問わずに狙われ、お茶屋さんをしたい、などと安穏と言っていることはできなくなる。

聖域に入れるという意味を、詳しく教えていないせいもあるのだが。

「リン、よく聞いてくれ。いくら精霊の加護がある術師といっても、普通の術師には、どうやってもこんな石は作れない」

「……そうなんですか？」

「『水の石』は水の術師見習いが最初の方で習うものだが、まず、初めから『水の石』を作れる者は少ない」

「えっ？」

「フォルト石から変わらない、規定の水の量が入らず、石が欠けたようになる、『水の石』の色にムラがある、など、失敗には事欠かない。古語の祝詞を覚え、発音を直し、精霊に力を貸してもらえるよう訓練が要るのだ、普通の術師は」

「なるほど」

リンの作った石は『水の石』として形も美しく、色もきれいで透き通っており、素晴らしいできだった。大きさだけが規格外だったが。

「最初から成功したどころか、このように価値あるものを生みだせるのは、リン、君一人だ。欲深い人間に知られたらどうなるか、わかるだろう？」

「うわ、怖い」

リンは眉をひそめ、思わず腕をさすった。

「わかったか」

「それなら献上ですか。まあ、いいですよ。私のお風呂には、もう一個作りますから」

ライアンは深いため息をついて、リンを見た。

「……これを風呂に使うのか」

「そんなに呆《あき》れたような目で見ないでくださいよ。それにため息ばかりつくと、幸せが逃げるって言うんですよ？」

「誰のせいだと思っている……？」

ライアンはため息の原因をジロリとにらみ、リンはそっと目をそらした。

「あ、ええっと、ほら、最初の目的がお風呂なんですから、お風呂に使いますよ。結果として神々しい石になりましたが、もとはほら、フォルト石。タダ同然ですし」

「まあ、いい。これはリンがとっておけ。献上はそのうち機会があった時にすればよい。しばらくは秘密で君の風呂に使えばよい」

ライアンはため息とともに言った。

「全く精霊は君に甘い」

それから後の練習でさらに数個の献上レベルの『水の石』ができ、リンは大満足でにんまりとした。

これでお湯たっぷりの、幸せなお風呂タイムが楽しめるのだ。


「『水の石』、うまくできましたね。これでお風呂もばっちりです」

家への帰り道、リンは成功に気を良くして、弾む気分で歩いている。

ライアンは手に持った小袋を持ち上げた。

リンの作った『水の石』は、リンの袋だけでは入りきらなかったのだ。

「そうだな。うまくいったな。……リンの場合、他の祝詞でも想定外の結果になりそうだが」

「え、そんなはずはありませんよ」

「風や土の祝詞はまだいいが、火の祝詞はしばらく止《や》めておくべきか」

リンの抗議をライアンは聞き流しているようだ。

「もう。どっちにしても祝詞を知りませんから、使えませんよ！　……それにしても祝詞って難しいんですねえ。見習いの最初の方で習うのが、あんなに長いなんて」

「いや、一言、二言で終わるものも多いぞ。なぜか水の祝詞は長いものが多い。祝詞を作った過去の術師の好みなのだと思うが」

オンディーヌを称《たた》える修飾語が入ることも多く、長くなるのだ。

「へえ。精霊によっても違うんですか。じゃあ、ライアンが最初に習った風の祝詞はなんでしたか？　そよ風とか？」

「いや。私はその前に、自分で作った祝詞を使った覚えがある」

「はい？」

「古語を書き記したものをもらって、自分で組み合わせて作った。風も、土も」

リンはきょとんとし、目をパチパチとさせた。

それはだいぶ普通と違うのではないだろうか。

「ちなみに、それはどんな？」

「……凧《たこ》を揚げたかったのだ」

意味を理解した途端、笑いがこみ上げた。

「ふっ、ふふ、ふふふふ、あは、ははは、はは。た、凧あげっ」

思い切り笑うリンを、ライアンはジロリとにらんだ。

「笑いすぎではないか？」

「だ、だって、習う前に自分で作ったというから、どんな規格外なものかと思ったら、凧揚げなんですもん。すごい。かわいい」

リンは手で目元を拭っている。本当に笑いすぎだ。

「もう、いい」

「ああ、ごめんなさい。かわいいなあ、と。で、土は？」

「言いたくない」

　ムスリとして先を歩くライアンを追いかけた。

「教えてください。笑いませんから。バカにしたのではないんですよ？」

「……疲れた時に休むために『土の椅子』を作った」

「わ、それ、便利そうですね。教えてください。『凧揚げ』の祝詞も。ぜひ今日の記念に」

「……何の記念なんだか」

「私の初精霊術記念です」

「そういえば、そうだな。神々しい『水の石』を作った記念だな。……風呂用の」

　ライアンがリンをからかうように、石の入った袋を持ち上げた。

「凧を揚げたくて祝詞を作っちゃうライアンも、私と変わらないと思いますよ？」

　そんなことを初めて言われた、とでもいうように、ライアンは目を瞬かせた。

ユール・ログの伐りだし

ユール・ログの伐りだしの日、リンは夜も明けぬ時刻に支度を整えた。

目が覚めても、身体がまだ起きていない。

階下に下りると、厨房《ちゅうぼう》には湯が沸いており、ブルダルーはすでに今日の支度を終わらせたようだ。

毎朝リンのためにお湯を用意してくれているのを、ありがたく思いながらお茶を淹《い》れる。

「紅茶でもいいんだけど、今日は烏龍茶《ウーロンチャ》の気分かな。鉄観音《ティエグアンイン》にしよっと」

中国の安渓《アンシー》鉄観音と台湾の木柵《ムーヂャー》とでは、同じ品種でも、土地も製法も違うので、風味が全く違う。

中国の鉄観音茶の茶葉は鮮やかな緑色で、ティヨルやマロニエの花のような香りと、ほのかにフルーティな甘みを感じる。それに対して台湾の茶葉は焙煎《ばいせん》してあって、色は暖かみのあるこげ茶色。

香ばしさやスパイシーさの中に、リコリスやスモモなどの甘い香りがでてくる。

それぞれに風味豊かでリンは大好きだ。

でも、今日のような冷え込んだ日には台湾の焙煎をかけた鉄観音がぴったりだと思う。


ころんとした形に丸められた茶葉が、お湯を入れるときれいに開いて、一葉の葉になる。

「ふぅ。目が覚める。これ、今日はなんかちょっとカラメルっぽく感じるなあ」

厨房で行儀悪く立ったまま飲んでいると、ちゃんと身体が目覚めてきたようだ。

そこへライアンが下から上がってきた。

森で出会った時に着ていたのと同じ、儀式用のマントを身に着け、すでに準備はばっちりだ。

ネイビーブルーに金をあしらった優雅なマントに、整った美貌が際立つ。

「リン、おはよう。芳《こう》ばしい香りだな。私にももらえぬか」

「おはようございます。今淹れますね」

ライアンも朝にお茶を飲む習慣がついてきた。

いつもなら立ち飲みをしていると、お座りください、と必ず誰かに居間へ追いだされるけれど、今日は皆が動き回っている。

「はい。鉄観音ですよ。……師匠は今日の支度を終えたみたいで、来た時にはもういなかったんですけど」

「ああ、塔の前にすでにかなりの人数が集まっていたから、スープの鍋を持っていった」

「皆さん早いんですね」

「ああ、夜明けとともに始まるから、もうすぐだ。飲み終わったらでるが、リンも行くか？」

「もちろん。そのための早起きです」


儀式のための供物を持ち、ライアンの後に続いた。

森の塔の前には大きな火がたかれ、その横にある石をテーブル代わりに、上に積もった雪が払い落とされ、スープやパン、果物、酒瓶が並ぶ。

男たちが手に持つ木や山羊《やぎ》の角のカップには、すでに酒が配られているようだ。

人が続々と集まってきている。

「リン、私たちは一足先に聖域に向かうぞ」

工房からでてきて、儀式の供物を持ってライアンの後をついていくリンは、たとえ紺のマントを着ていなくても、どう見ても新しい『賢者見習い』だ。

皆の口々の挨拶と視線を受け、挨拶を返しながら森へと足を向けた。薄く雪が積もっているが、歩きにくいほどではない。

聖域に入るとライアンは小さな火を起こし、その前にある石の儀式台に今年収穫した麦や果実、肉に酒を並べていく。

「あとはギィだ」

ライアンの視線を感じる。

最近はいつもこうだ。

「落とせばいいんですね。……私を便利に使いすぎじゃないですか。ご自分で祝詞《のりと》を唱えれば同じでしょう？」

「祝詞でオークの枝は落ちるが、ギィは落とせぬ。君の場合はなんでも落ちる。実際便利だ。毎年聖域の外から、ギィのために大きな足場が組まれるが、今年はいらないからな」

堂々と言うライアンに釈然としないものを感じるが、まあ役に立てているのならそれでいい、と思い直した。

「日がでてから皆は来るだろう。少し休憩だ。リンは儀式の時はここからでて、シュトレンたちと一緒に見るといい」

「ここで見ていてはダメなんですか？」

「リンが聖域に入れるのを、今はまだあまり多くの者には知られたくない」


休憩と聞いて、リンはドルーの根元にある木の洞《ほら》に入っていった。

人が二人入れそうなぐらいの洞がぽっかりと開いていて、その中にも木の根が張りだし、椅子のように座れる。

幹に囲まれてちょっと薄暗いが、冷たい風はさえぎられるのだ。

オークの爽やかで少しだけ甘い香りもしてなんとも居心地よく、しっとりと落ち着く。

古い毛布をもらって洞の中に置いてある、リンのお気に入りの休憩所だ。

「ライアンも入りませんか、あと一人ぐらい大丈夫ですし、中は少し暖かいですよ」

「聖域を休憩所に使うのは、過去も含めて君ぐらいのものだろうな。……まあ、ドルーが全く嫌がっていないのだから、いいのだろうが」

ライアンはなんとも言い難《がた》い微妙な顔をしながら、腰をかがめて潜ってきた。

朝を告げる鳥の声が聞こえ始めたが、森はまだ静寂を保っている。

「リン、少しはこちらでの生活に慣れただろうか」

その静けさの中、洞の中で落ち着くと、突然、ためらいがちにライアンが聞いた。

「どうしたんですか？　急に改まって」

「いや。話を聞けば聞くほど、リンは全く違う生活をしていたのだなと思う。こちらの生活が嫌になってはいないか？」

「そうですね。どう言えばいいか……」

確かに以前と比べれば、不便しかないような生活だ。何をするにも時間がかかり、できないことも多い。だが、嫌になっているだろうか。リンはしばらく言葉を探した。

「夜明けが近いな」

ライアンが洞の外に目をやった。

外にでると、暗く沈んだ森が少しずつ青紫色に染まり始め、白い朝靄《あさもや》に少しぼやけてはいるが、木々の黒が浮かびだした。

「この森に入るといつも思いますが、本当にこの地は美しいですね。森厳というか」

「ああ。この地に住む者は皆、頑然たる森の意思を、その恩恵に感じながら生きている」

「私はまだ精霊や加護のことをわかったとはいえませんが、ここにいるとそれが素直に信じられて、この地が特別な場所だって思えてくるんですよ。……だから、私、ここの生活を気に入っていますし、今は自分にできることを増やしたいなって思っています。火打石もまだ使えないですけど」

リンが肩を竦《すく》め、おどける。

「それなら良い。……さあ、そろそろ結界の外へでていた方がいい」

「はい。……ドルー、ありがとうございました」

リンは木を見上げ、席を借りたことにお礼を言うと、ペコリと頭を下げて聖域をでていった。


その後ろ姿が茂みの向こうに消えるのを、ライアンは見送った。こちらの生活を楽しんでいるならいいのだ。

リンはいつも賑《にぎ》やかだ。本が読めず頭を抱え、お茶について熱く語り、火打石を握って悔しそうにする。そんな顔を見ても、ふとした時にリンがこの聖域で一人泣いていた姿を思いだすことがある。強がっているのではないか、と、思ってしまう。

最近のリンの様子を思い浮かべた。

想定外なことばかり起こすし、心配をかけるし、危機感のなさは呆《あき》れるほどだ。思い浮かべるほどに、ライアンの眉間にしわが寄っていく。

今だってここを休憩所扱いして、と、オークの木を見上げ、自然と唇が笑みを描いた。自分は案外、リンが起こす予期せぬできごとを楽しんでいるかもしれない。

「……まあ、リンのせいばかりではありませんね、ドルー」

過保護な精霊が、喜んでリンに力を貸すのだから。

これだけ精霊がかかわってくるのなら、リンにきちんと精霊術を教えるべきなのかもしれない。

聖域に入れるという意味とその重さ、それに伴うわずらわしさも知ってもらうことになるだろうが。

自分が守ればいいだけだ、と、ライアンも十分精霊と同じぐらい過保護なことを考えていた。

結界の外から皆が静かに見守るなか、儀式が始まった。

「森の王、ドルーよ。大地を護《まも》る精霊たちよ。
今日ここに我らの感謝をささげよう。
この地に種は芽吹き、草木は力強く、風は吹き、川は流れ、太陽は照らす。
一年の加護と大地の恵みに心よりの感謝を。次の春の息吹に更なる加護を」

ライアンは祝詞を口ずさみながらギィの枝を動かす。

ネイビーブルーの賢者のマントが翻った。

「炎よ、上がれ。年の輪を回し、浄化し、護れ。
森に、家に、家畜に、大地に、加護を願う我らに力を」

最後はギィに酒をかけて、火の中に投げ入れた。

炎が高く上がり、うわっと歓声が広がった。

一段と明るく感じるのは、燃え上がった炎のためだけではないのだろう。リンには炎とともに、聖域の中に多くの光のオーブが舞い飛ぶのが見えた。風が吹き抜け、ライアンの髪とマントを揺らしている。

差し始めた太陽が、聖域を浮かびあがらせた。

ドルーがすっと姿を現し、ライアンに近づいた。

「おお、ドルー様だ」

「ドルー様がお越しだ」

皆が息をのみ、一斉に跪《ひざまず》く。リンも慌ててそれに倣った。

「オーリアンよ、突然すまぬの」

「いえ、ドルー。どうかされましたか」

「今年はユール・ログの木に、我の仲間のオークがでるそうじゃ。聖域の東側のものじゃが、少し、傷めたようでの。そろそろ代替わりじゃ。それで今年が良いと言っておる」

「それは、心よりの御礼を申し上げます。民も皆、喜ぶことでしょう」

ユール・ログの木に、神聖なオークを使うことはほとんどない。こちらから願うこともない。たまにこうして、向こうから提案がされるのだ。

オークがでるということは、この地に来年の豊穣《ほうじょう》が約束された、と皆が喜ぶ。

「それでの、一部はそなたの工房へ送ってほしいのじゃ。あの子のところへという、木の希望での」

ライアンは目を見張った。

「……それはまた、リンは本当にかわいがられておりますね」

「おお、そりゃぁの。かわいいの。森の恵みは最高じゃと、美しいと言ってくれるし、我を立派だとも言ってくれる。それに森に入って雪に埋まってでられなくなるような子らは、この辺りではリン以外、見たことがなかったじゃろう。多少、皆が過保護になってもしかたなかろうの。……あと、あの子は硬い木があるといいけど、どれだろうとキョロキョロ眺めておったぞ。それで代替わりで行くなら、今年、自分があの子のところへ行きたいそうじゃ」

「森はリンに甘すぎるのではないですか……」

相変わらずの森の意思に、ライアンはここのところため息が増えている。

「それでも、本当にご厚意をありがたく思います。手配します」

ドルーからの提案に、皆は沸き立ち、気の早い、早すぎる者はすでに乾杯している。きっと酒が飲める理由さえあればいいのだろう。

男性は十名ほどの組に分かれ、それぞれ印をつけた木の伐採に向かった。

「オグ、そういうわけであと一本増える。ハンター組にもう一つだ。それからシムネル、オークを王宮にも献納する。館に伝え、運送の手配を」

ライアンがオグとシムネルにドルーとの対話を伝え手配を頼むと、二人は揃《そろ》って目を丸くした。

「しかし、なんだ。話を聞くと、そこらにいる孫をかわいがっているじいさんに思えるんだが」

「リン様は、ドルー様のことをおじいちゃんと言っていましたから、まあ間違ってはいないですね」

シムネルが真面目な顔で受け答える。

「オークが相手を指定して行先を告げるなんて、今まで一度も聞いたことねえぞ」

「リンだからな。森を歩けば採り残しの実が落ちてくるし、シルフが足元の雪を払う。精霊にも森にもかわいがられているのは確かだ」

「リンが願ったわけじゃねえんだろ？」

「違うが、喜んで礼を言っている。それを聞いてまた精霊が気を利かす」

「精霊の自由意思か。まあ、とびっきりの加護があると思やあいいのか？」

「王都の精霊術師ギルドのお偉方が聞いたら、目をむくでしょうねえ」


大木を伐るのは見ているだけでも大変さがわかる。上の枝を払い落とし、斧《おの》やギザギザの大きい刃の鋸《のこぎり》を使って伐っていく。

森に慣れた力強い人たちばかりとはいえ、身体から汗が湯気のように上がるのが見える。一本伐り街へ運ぶのに、交代しながら一日がかりだ。

子供も危なくないように見張られながらも、森を走り回り、慣れている食前の祈りを歌うように唱えている。落ちてきた枝を拾い集めながら、こうしてやり方を学んでいくのだ。

女性は森の入り口でスープを温めながら、男性が酒を飲みすぎないように目を光らせていた。森からすぐの工房に、森の塔、『金熊亭《きんぐまてい》』の厨房も今日は大忙しで、追加でパンを焼き、肉を焼いては運びだす。

リンはしばらくスープの火の番をしていたが、オグに呼ばれ、ドルーとライアンの待つ聖域近くのオークの前に連れていかれた。

「こんなに大きな木も伐ってしまうのですか……」

「ああ、根を傷めているらしい。そろそろ周囲の子供に代替わりするそうだ」

「リン、硬い木が欲しい、と言っておったじゃろう？　これが行くと言っておるでな」

まさか自分が不用意にもらした独り言のせいなのか、と思うと落ち着かない。

「えっ！　あの、もし工房の暖炉の木が硬ければ、使えるかなあと思っただけで、こんなに立派な木を伐らなくてもいいんです。ごめんなさい、大したことではなかったんです」

「のう、リン。これはあと数年のうちに代替わりじゃ。数年は我らにとっては瞬《まばた》きの時間ほどじゃな。最後は行きたいという時に行けるのが、一番の幸福じゃよ。人間もそうじゃろう？　それに代替わりじゃからの。ほれ、周りに子も孫もおる。ちゃんと使ってくれればそれで良い。最後は地に帰る。これも喜ぶ」

オークを見やりながら、ドルーがゆったりと森のことわりを諭す。

「……わかりました。そういうことでしたら、何か長く手元に残るように考えて、大切に使います。ありがとうございます」

リンはひび割れた樹皮にそっと手を当てた。

枝がリンの元に、バサリと落ちてくる。

「オエングスよ、他より長くかかるじゃろうが、頼むぞ」

オグがドルーの前に膝をつき、一礼した。


無事に伐りだされたユール・ログは、木のそりに載せられ、ロープをかけられマーケットプレイスまで引かれていった。広場で一オークぐらいの長さに切られ、まずは領主様の城へと献上され、その後に待ち構えていた人に、それぞれ配られた。

リンも約束通りにオークの木を受け取った。

木には酒が振りかけられ、子供は丸太の上にまたがり、最後まで賑やかに一日が過ぎた。


一日木に登り、綱を引き、最後まで二人引きの鋸でログを伐っていた力強い男たちは、さすがに疲れたようだった。頭から木くずをかぶっている。

「肩と背中が張ってさすがに痛い。今日は風呂に寄って、汗を流してから帰るかな」

「おお、いいねえ。明日に疲れを残せないもんな。俺もいく」

数名が連れ立って去っていった。

「もしかして、ここにはお風呂、公衆浴場があるんですか？」

「ああ、浴場ならハンターズギルドの裏手に――」

「オグ！」

突然ライアンがオグの言葉を遮り、リンを諭し始めた。

「リン、風呂なら家にあるだろう？」

「いいですねえ。公衆浴場だとやっぱり広いのでしょうか」

「リン、君の風呂好きはよくわかっているが、君は行ってはならぬ」

「んー、でも大きいお風呂はやっぱり魅力的ですよ。私の国にもあちこちに温泉という公衆浴場があって、慣れているんです。寒い時期は温まるので、よく行きました」

「慣れている……。よく行った……」

ライアンが呟《つぶや》いて、遠い目をした。

「とにかく！　君は絶対に行ってはならぬ。広い風呂がいいのなら、工房の風呂を広げれば良い。行ってはならぬ。わかったな！」


こちらの公衆浴場は混浴で、女性が男性にある種のサービスをすることもある施設、ということがわかったのは、工房に戻ってライアンと二人、シュトレンとアマンドに揃って叱られてから。

「ライアン様、リン様の住まわれる工房の風呂を広げるとおっしゃることは、皆にそういう仲だと思われるのですよ」

「リン様はまだご存じなかったとはいえ、ライアン様までなんですか！　マーケットプレイスの真ん中で、皆の前で堂々と風呂のことを口にするなんて」

「すまぬ……」

「私、慣れているとか、よく行っていたとか、言いましたよ」

「公言していたな」

「うええ。ドルーの木の洞に埋まりたいです……」

リンがテーブルに突っ伏した。

新たな出会い

祝祭の前にはどこか独特の、浮かれた雰囲気がある。あそこに行き、これを準備して、とやることが多いこともあって、ソワソワした気配を醸しだすのかもしれない。

リンも同じだ。

ユールの祝祭は、つまりクリスマスのようなもの。気分は自然と盛り上がる。

いつもよりだいぶ早い朝食の後に部屋に戻り、リンはドレスの下にこっそりとスウェットをはき込みながら、頭の中でＴＯ ＤＯ《やること》リストを作る。

採集にユールの飾り付け、ユールの祝祭用の料理、もらったオークの使い道を決めて、と自分でできることと、誰かにお願いしないといけないことを、頭でわけながら考えるとけっこうあった。

ユールの祝祭の料理に加えられるように、今日、師匠は森で狩りをする。同行者は『金熊亭《きんぐまてい》』のダックワーズだ。

ヴァルスミアの男は、ハンターでなくとも大抵狩りをする。

師匠の狩りの腕はそこそこだというが、ノンヌの夫、ダックワーズは今も現役のハンターで、獲物が『金熊亭』のメニューによく載るらしい。だからこそ『金熊亭』はおいしくてボリュームたっぷりなのに、安いのだ。

　リンには狩りでできることはないが、それに同行すれば採集ができる。


　ブルダルーとともに共同水場にでると、ダックワーズと一緒に男の子が待っていた。

「嬢ちゃまは初めてかな。ローロじゃ。ハンター見習いでな、今日は一緒にいく」

　赤茶のくるりとした髪のその男の子は、何も言わずペコリと頭を下げた。

　十歳になると見習いになれるが、最初の数年は、必ず大人のハンターに同行して狩りにでる決まりらしい。

　今日の狩りに同行するのはあと二名。城の料理人だ。

「おお、来たな、こっちじゃ」

「おはようございます。料理長、申し訳ございません。遅くなりました」

「料理長!?」

　引退間際で自分が一番暇だから工房に来たと、ブルダルーは言ってなかったか。

「師匠、料理長って、城にいなくていいんですか……」

「副料理長が、ユールの祝祭前なのに、とさすがに青くなっておりました」

「アレは自分に自信がないだけじゃ。腕があって、長として人をまとめるのもうまい。やらせるのがいいんじゃ。すでにメニューはおおよそ決めてあるしの。それにワシは今、嬢ちゃまの『師匠』じゃからの」

ブルダルーがニコニコと笑う。

「料理長、もしかして、リン様に師匠と呼ばれて嬉《うれ》しいんですね……」

これは戻ってくることはなさそうだ、と料理人は、城の副料理長の顔を思い浮かべながら遠い目をした。


リンは初めて森の奥の狩猟エリアに入る。

せめて邪魔だけはしないように、皆の近くで場所を決め、静かに、まだわずかに木に残っている実を採集する。

ダックワーズはすご腕のハンターというのが、短時間でよくわかった。

まず動物の通り道をよく知っている。足跡、木の幹のかじり跡、糞《ふん》からたどって、獲物を見つけるのがうまい。獲物の気配を見つけると、音を立てずに近づき、大弓でしとめていく。

料理人さんたちは木の上などでじっと待機して、獲物が通りかかるのを待つようだ。

ローロも弓で小動物を仕留めていく。今も近くで茂みに隠れ、ぎぃっと弓を引いた。矢の先には、大きな白茶色いウサギがいる。

ヒュッと飛びだした矢は、身じろぎをしたウサギを掠《かす》めて飛んでいき、驚きにウサギは森の奥へと跳んだ。

「ちっ」

ローロが立ち上がり、矢をもう一度つがえるが、茂みに隠れ見えなくなったようだ。

「もう少しじゃったのう」

風下でブルダルーのそばにしゃがみ、息を詰めながらその様子を見ていたリンだったが、ふと横に気配を感じて、振り向いた。

白い子犬がリンに近づき、ウサギをポトンと落とした。

「あれ？　これローロが狩ろうとしていたウサギ？　ん〜、獲物を見せにきてくれたのかな」

嫌がっちゃいけない、逆に褒めてやらないといけないんだろう、とは思っても、近くで獲物を見るのはちょっとキツイ。

ブルダルーを仰ぎ見ると、いぶかし気にジッと子犬を見て、首をひねっている。

「でも、今日、犬連れていないですよね。首輪もないけれど、人に慣れているし、迷子でしょうか？」

リンの足元にちょこんと座っている、冬毛でフカフカのかわいい背中にそうっと手を伸ばした。

嫌がらずに撫《な》でさせてくれる、いい子だ。

「おお〜。もふもふ。持ってきてくれたの？　ありがとう」

撫《な》でれば甘えて鼻を鳴らし、手に鼻先を押し付けた。シッポをぶんぶんと振っている。

「そかそか。気持ちいいか。シッポまでふわふわだねぇ」

あまりのかわいさに、リンが首から顎の下、胸まで撫でまわしていると、ダックワーズが大きなイノシシを肩に担ぎ、やってきた。

これがフォレスト・ボアらしい。

「今日はそろそろいいでしょう。向こうでもホワイト・テイルを仕留めたようで……」

そう言いながらピタッと止まり、奇妙な顔をしてリンを見つめた。

リンがちらりと自分を見下ろしても、ドレスの裾が捲《まく》れているわけでも、スウェットが覗いているわけでもない。いったい何なのだ、と思っているところに、料理人の二人が持ち帰ったのは、お尻の部分が白い鹿だった。

すぐに内臓をだした方がいいものがあるというので、リンは少しだけ後ろに下がり、なるべく見ないようにしながら待った。ダックワーズが取りだした内臓を、食べるか、と、子犬に投げる。

大量の収穫を吊《つ》るしているのを見ながら、どうやって食べるのか聞いてみた。

「ホワイト・テイル《白尾鹿》は香りにもよるが、そのままローストかマリネじゃろうな」

「フォレスト・ボア《森猪》は、ローストとソーセージだな。そのうち店でだす。うさぎは煮込みがおいしいか。ローロ、お前の獲《と》ったうさぎの毛皮はどうする。加工するか？　ギルドにだすか？」

「今日のはギルドに持っていくよ」

ハンターたちは冬の狩りで集めた毛皮をなめして春の大市で売るが、見習いのローロはギルドで売った方が値段を叩《たた》かれず、割りがいいらしい。

「フォレスト・ボアとホワイト・テイルも、毛皮を売るんですか？」

「ホワイト・テイルは毛皮も売れるが、フォレスト・ボアは牙だけだ。毛が硬く、加工しにくくて使い道がない」

「ホワイト・テイルの皮は、柔らかく、靴や手袋になることが多いんじゃ」

リンは少し考えると、ダックワーズにたずねた。

「あの、ダックワーズさん、もしいらないのでしたらフォレスト・ボアの毛皮をもらってもいいでしょうか」

「使い道のない部分だからそれは構わないが、毛の手触りはよくないぞ」

「それでもいいのです」

「わかった。店でさばいたら、持っていく」


獲物をかついで森の塔までくると、ライアンとオグが数名の騎士やハンターと集まって、指示をだしていた。ドルーもいる。

「無事だったか」

「ん？　ただいま戻りました。大猟でした！」

「ああ、それは見ればわかるが……。イームズか」

ライアンは答えを求めるように、ダックワーズの顔を見た。

ダックワーズはそれに静かに首を振って応えた。

「イームズ？　ああ、この子、森で迷子になっていたみたいで、ついてきたんです。人懐っこくて、かわいいんですよ。ほら、見てこのシッポ。大喜びでしょう？」

どうれ、とオグがひょいっと抱き上げた。

「春に産まれた子にしちゃあ小さいな。青に黄色のオッドアイか。それで置いていかれたか？」

「いや、オエングス。残ったのじゃ。イームズ、その方が残ったのか。小さきのに勇敢なことじゃ。

リン、名前を付けておやり。それが人と獣の違いなのでな」

ドルーにそう言われたが、どこかの飼い犬じゃないのだろうか。

名前を付けて飼ってもいいのだろうか、と保護者をうかがい見る。

ライアンはうなずいた。

「名前は、じゃあ、シロにします」

「シロ？　リンの国の名前か」

「はい、色が白いっていう意味です」

「単純すぎる名前なのではないか？」

「古式ゆかしい、とてもすてきな犬の名前ですよ」

「……リン、それは犬ではない。森の守護者と呼ばれる、森の奥深くに住む狼《おおかみ》の一族、イームズだ」

「狼ぃ？」

唖然《あぜん》としてシロを見下ろすが、愛想よくちょこんと座る姿は、どう見ても犬にしか見えない。若干足が太いのが違いだろうか。

「見えませんね」

「ああ。どうしたわけか、懐いているな。本来イームズはほとんど森の奥からでず、あまり姿を見られることがない。奥からでる時は森に異変がある時だと言われる。この間から群れが浅い場所まででてきていると報告があがっていたが……。そうか。異変はリンだったか」

「森の異変は私ではありませんよ!?　絶対違います」

どこか納得したように言うライアンに、リンは抗議した。


家に着いて、まずはシロのお風呂だ。

ドレスの袖を捲り上げ、アマンドに手伝ってもらって湯を沸かした。

大き目のタライを借りてぬるま湯を少し張り、シロを抱き上げてそっと下ろした。

「ね？　冷たくないよ。大丈夫でしょう？」

ペロペロとタライのお湯を舐《な》め、リンの手に鼻を押し付けるシロの背中にそっとお湯をかける。

「んー、さすがにお湯だけでは汚れが落ちないよねえ」

犬用のシャンプーなんてないけれど、石鹸《せっけん》で大丈夫だろうか。

リンが置いてある石鹸を手に取り、泡立ちにくい石鹸の泡を立てようとしていると、シロが鼻を突っ込み、プイッと顔をそむけた。

「シロもこの香りがダメかあ。これでも一番臭くないのを選んだんだよ？」

続けて泡立てようとすると、手をペチッと叩かれた。

「よし。じゃあ、とっておきをだそうか。合成添加物を使ってないから、シロでも大丈夫だといいんだけど」

立ち上がり、浴室の棚に置いてあるシャンプーを取った。

「さ、これはどう？」

少しだけ手に取ってシロの前に差しだすと、そのまま鼻をクンクンとさせる。

「大丈夫？　でもね、これ、もうすぐなくなるからね。そしたら石鹸だよ。わかった？」

二回目でやっと少し泡が立つようになった。

アマンドが追加のお湯と布を持ってきてくれ、シロをバスタブに入れて泡を流した。

「あら、きれいになりましたわね」

「ええ。白が真っ白っていう感じに。……あっ！　シロ、プルプルは待って！　ぶっ！」

布をかける前にシロに身震いされたリンは、頭からびっしょりだ。

「あらまあ。さ、お風呂の支度をいたしますから、風邪をひく前にシロと暖炉の前へどうぞ」

リンはシロを布で包み、暖炉の前で優しくさする。

フカフカで柔らかい、リンの新しい家族だ。


皆が寝静まった夜更け過ぎ、シロはリンの部屋の真ん中で首をぐいっと反ると、きれいな遠吠《とおぼ》えを一つ披露した。

次の日、リンはアマンドに丈夫な糸があればわけてほしいとお願いした。持っているのはこれぐらいでしょうか、と針箱にあったのはリネンの細いきれいな糸だ。

「これより丈夫なものですと、『レーチェ』の店でしたら、いろいろお選びいただけると思いますよ」

そう言われて、まず執務室のライアンに会いにいった。

「ライアン、すみません。例の、私の作った『神々しい水の石』を買ってくださる方を紹介してほしいのですが」

ライアンの眉間にしわが寄る。

「あの石を売るのは簡単なことではないのだが、いったい何がしたい？」

「作りたいものがあるんです。『レーチェ』の店で糸の購入と、ドルーにいただいたオークの木を加工したいんです」

リンはすべてを養ってもらっている立場で、服を仕立てた時と同じように、何かを購入すると後でライアンに請求がいくだろう。今回作るものは必需品ではなく、リンが欲しいものだ。

自分で自由に使えるお金が欲しい。リンも持ち物で売れるものは、お茶とあの石ぐらいしかない。

「糸と木工製品ぐらい、請求書を回してもらえばよい。なにも国を買うわけではないのだから。あの石なら小国一つぐらい、たぶん買えるぞ」

「それだとやっぱり使いにくいですよ。仕事をして、自分で稼いだわけでもないですし……」

最初は、家があり、食べられる、ということに助かった、という気持ちが大きかった。しかし、生活に慣れるに従い、周囲は仕事をしていて自分はしていない、という事実に、焦りと居心地の悪さを感じていた。

今は準備期間と考え、生活のすべてから学ぶようにしているが、まだ、店をできる当てもない。

「リン、この国に、あのドルーの聖域に入れる者が、現在何人いるかわかるか？」

ライアンは手にしていた書類を置き、突然話を変えた。

「ええと……」

「三人だ。アルドラ、私、そしてリン、君だ」

突然始まった話に、リンは目をしばたかせた。

「たった三人……」

「ああ。昔から国は聖域に入れる者を賢者と呼び、精霊と人とを繋《つな》ぐ者として保護している。自国の存続と繁栄に直結する者だからだ。滞在する領も当然、すべてにおいて最大限の配慮をする。この領は父が領主で面倒を言われず、便宜を図りやすい。君の生活費も当然すでに予算が組まれている。この間君が心配していると聞いたが、毎日白パンを食べても全く問題ない。糸ぐらい遠慮せずに買えばよい。やりにくいなら、シュトレンに言って、毎月生活費として渡してもよい。それに私も君の茶を毎日ただで飲んでいるからな。同じだろう」

この事実を知ったからといって、今の自分に何ができるだろう。

何かが一変するわけではないのだ。賢者に期待される精霊術どころか、火打石さえ未《いま》だ満足に使えない。

自分が何かをして稼いだお金じゃない、という思いは変わらなかったが、リンは気持ちを納得させ、コクリとうなずいた。

黙り込んでしまったリンに、ライアンがふっと笑い、軽く言った。

「ああ、国を買う時は先に言ってくれ」

「買いません！」


リンは籠に、フォレスト・ボアの毛皮と、コスメの入っているトラベルポーチを入れ、まずレーチェの店へと向かった。

「丈夫な糸なら、ヘンプね。ロープにも使われているのよ。この辺りだけれど、気に入るのがあるかしら」

柔らかな色合いの糸が十数種類も置いてある。

「結構いろんな色があるんですね」

「ええ。リネンならもっと色があるわ。この赤はアルカネットの根で染めてあるの。黄色はオゼイユの根ね。茶色はくるみの実の皮、この淡い青紫はカンペッシュの木の皮よ。木の皮なのに、やり方で赤にも青にもなるの。面白いでしょう？　あと、これはこの秋の新作。ぶどうの皮染め」

緑、青、黄色のヘンプの糸を、それぞれ二十オークずつ求める。

切ってもらう間、カウンターのガラス瓶に、ひもで束ねられたビーズが入っているのを見つけた。

貴石だろうか。大きさは様々だが、どれもきれいに丸く磨かれている。

「きれい。エクレールさん、これを見せてもらってもいいですか？」

「もちろんよ。まだ色の種類は少ないんだけれど」

エクレールが開けてくれた瓶に、リンは手を突っ込んだ。

「すごい。大きいのは表面に模様が刻まれているし、わあ、こんな小さな石にまで穴が開いてる！」

機械があるのならともかく、この世界では、きっとすべてが手作業だろう。

「飾り用にね、ハンターズギルドに貴石の採掘を依頼したのよ。そしたら、そのハンターが加工までできるっていうじゃない？　助かったわ。いつもは他領の細工職人に預けないといけないもの」

「ハンターが？」

細工職人が作ったと言われても遜色はない。

「もとは木工の職人らしいのだけど……」

「木工！　いいことを聞きました。ちょうどハンターズギルドに行こうと思っていたんですよ」

リンはじっくりと選んで、ヘンプの糸より少し濃い、青と黄色のビーズを数個ずつ買った。


ハンターズギルドの一階にはちょうどエクレールがおり、リンの話を聞くと少し考えて、オグに話してみて、と上階に通された。

リンがギルド長室に入ると、書類を見ていたオグが顔を上げた。

「オグさん、こんにちは。すみません。職人さんを紹介してほしいんですけど」

「職人？」

「あ、いや、ハンターさん？　ええと、本当は木工職人ギルドを紹介していただきたかったんですけど、レーチェさんに、これを作ったハンターさんは職人らしいと聞いて」

リンは籠から購入したばかりのビーズを取りだして、オグに渡した。

「『レーチェ』か。……あー、リン、紹介するのは構わねえが、先に話がある。少し早いが、飯にいかねえか？　昼はまだだろ？」

ビーズを見ながら指でもてあそんでいたオグは、リンにそう提案した。


「エクレール、リンと『ポット』にいる。昼にクグロフが戻ってきたら、呼んでくれ」

「ええ。いってらっしゃい」

すべて承知しているエクレールは軽くうなずくと、リンに笑顔を見せた。

オグはハンターズギルドの脇を通り、裏へと入っていく。

表までよい香りをさせているパン屋の隣に、その店『ポット』はあった。

「飲み屋なんだがな。『金熊亭』もいいが、ここのスープもうまいぞ」

表にはジョッキと、その下に湯気のたつ鍋が描かれた二枚の看板が下がっている。

よお、ポット二つな、と、店の者に指で合図をして、オグは奥の席に座った。

リンもその前に腰を下ろす。

「ここはこの裏にあるビールの醸造所がやっている店なんだよ。でも、スープもうまくてな。今じゃあ本来の店の名前より、皆がスープを煮る『ポット』って呼ぶんだ」

「へえ。それは期待できますね」

「ああ。期待してくれ。夜は肉料理やつまみもでるが、昼は『ポット』だけだ」

ギルドに近く、オグの知り合いが多いのだろう。話しながら、あちこちに手をあげて挨拶を交わし、リンに向き直った。

「で、なんで、職人に会いたいんだ？」

「オークの木で作りたいものがあるんです。『レーチェ』であのビーズを見つけて。見事ですよね」

「ああ。腕は確かだが。リン、そのハンターについて、先に言っておくことがある」

いやにオグの歯切れが悪い。

「なんでしょう。腕は確かだが、性格が悪い、とか？」

「違うわ！　そのな、そいつはヴァルスミアに住んでいねえ」

「？　遠方にお住まいなんですか？」

それだと頼みにくいか。

「いや、すぐ近くなんだが。その、北から逃げてきた難民でな、城壁内に住めねえんだよ」

オグが一つ息をついて、真面目な顔で話し始めた。

「難民……」

そこへ木のボウルに入った『ポット』が、茶色いパンと一緒に運ばれてきた。

黄色っぽいとろりとしたスープから湯気とともに立ち上った香りが、お腹《なか》を刺激する。

「冷めないうちに食べよう。食べながら話す」

リンもそそくさとスプーンを持った。

ふうっと息を吹きかけて、口に入れる。

「うわあ。濃厚」

リンは目を丸くして、思わず口を押さえた。

黄色いのはどうやらチーズらしい。じゃがいもに、にんじん、玉ねぎ、それ以外に白っぽい根菜らしきものが入っている。角切りの肉は豚肉のベーコンだろうか、ほんのりとスモークの香りがする。

玉ねぎとにんじんの甘味《あまみ》に、ベーコンとチーズの旨味がたっぷりだ。お腹がじわりと温まる。

リンのその反応にオグもニヤリとする。

「冬にはいいだろ？　ここの『ポット』はな、ビールで煮てあるんだ」

「ビールのスープ？　わからなかったですよ」

オグの真似《まね》をして、硬めのパンをちぎり、クリーミーなスープを掬《すく》うようにして食べた。

ボウルの半分ぐらいを夢中で食べ、少し落ち着いてきたところで、オグが話し始めた。

「あのビーズを作ったのはクグロフっていうんだが、木工職人のギルドにも登録はしていてな。ただ、外国から流れてきた難民だし、なかなか細工の客がつかなくてなあ」

「そうなんです？」

「ああ。信用が大事な仕事だからなあ。またどこかに流れていくと、思われちまうんだろうな。細工なんて頼む金を持ったやつは多くないし、すでに贔屓《ひいき》の細工師がいることも多いしな」

腕を組み、眉をひそめながら言う。

「なるほど。で、わざわざ私を食事にまで誘ったのは……？」

「え、ああ、いや。難民だが、嫌がらねえかと思ってな……。この一年、ギルドの講座にも通って、言葉も覚えてがんばったやつなんだよ」

オグの性格だろうか。講座でも努力する姿を見ていたからか、気にかけているようだ。

「そんなの全くかまいませんよ。嫌がるわけがないじゃないですか。だって私も『外から流れてきた』んですよ？　性格に難があるならともかく、腕がいいならぜひお願いしたいですよ」

リンがきっぱりと言うと、オグの顔が緩んだ。

「そうか、そうだったよな。すまん。ちょっと気をまわしすぎた」

断られたことも多かったのだろうか。

安心したらしいオグは、大きく一口ほおばった。

エクレールの使いがやってきた。

ギルドに戻ると、エクレールと一緒に、ひょろりとした若い男が待っていた。リンより若いかもしれない。

「エクレール、助かった。クグロフ、待たせてすまないな。こっちに来てくれ」

三人揃《そろ》ってギルド長室に向かう。

オグに紹介され、二人で頭を下げた。

「クグロフと申します。よろしくお願いいたします」

「リンと申します。こちらこそよろしくお願いいたします。あの『レーチェ』で、クグロフさんが作った貴石のビーズを拝見しました。それで、木で作っていただきたいものがありまして」

クグロフが目を見開いた。

「……私にですか？　は、はい！　ぜひ」

クグロフがガタリと立ち上がって、頭を下げた。

リンも思わず立ち上がる。

「おい、二人とも座れ。……ああ、リン、聞いてなかったが、オークを何に加工するんだ？」

「ええと、いくつかあるんです。私、オークをたくさんいただいてしまったでしょう？　ユールに燃やす以外に、なにか手元に残るものを作りたいんです。一部を平たい木皿にして、一部を籠に、残りをブラシにしたらどうかな、と思っています」

クグロフが考えながら言った。

「平皿でしたら、一オーク程度の木で三つできます。丸太を横に切ると皿がひび割れやすくなるので、こう、縦に三つに割って、そこから皿を作ります。籠も問題ございません。オークの籠でしたら、大変丈夫な、何十年と使用に耐えるものができあがります。ただ、申し訳ございません。『ブラシ』というのは作ったことがないので、どのようなものかわからないのですが」

リンは背負い籠から猪《いのしし》の毛と、コスメポーチからヘアブラシと歯ブラシをだしてみせた。

「えーと、これなんですけど……。昨日、硬くて使い道がないから、と、いただいたフォレスト・ボアの毛皮です。それからこれが、私の国で使っているブラシです」

リンはこちらに来てから、ブラシを見たことがなかった。アマンドが毎朝使って、リンの髪をまとめているのも木の櫛《くし》だ。

「拝見してもよろしいですか？」

クグロフはブラシを手に取り、角度を変えて真剣な目で見始めた。

「この小さい方は猪の毛ではなくて、私の国独自の素材です。でも、この大きいのは猪の毛だと思います。このようにここに並べて穴を開けて、そこに、猪の毛を埋めてあります」

ブラシを見たことがなさそうだが、作ってもらえるだろうか。

毛の部分をさわり、腰に付けた革袋から鉄の棒をだし、ブラシにあてて何かを確かめている。

「作ったことはありませんが、原理はわかります。毛を半分に折って入れてあるみたいです。この上の白い部分が根元でしょう。毛の処理も大丈夫です。角度を適度につけてある穴がうまく開けられるかと、毛の部分に微妙な段差があるので、そこが難しいですが……できると思います。木皿と籠はそんなに時間はかかりません。手元にある工具で問題なく作れます。ただこのブラシは、工具を整えて、少し試作をしてからでないと、満足のいくものを作るのは難しいかもしれません」

しばらく眺めていたクグロフは、一つうなずいて、そう言った。

「急ぎませんので、時間がかかってもいいのです。よかった。えーと、この毛でできるだけ作っていただきたいんです。いくつできるかも、わからないですけど、できるだけ。本当はこの小さいのは、豚とか馬の毛がいいんですけど……」

「リン、この小さいのは何に使うものだ？」

「これは歯を磨くんです。こうやって。だから猪より柔らかい、豚毛とかの方がいいんです」

「豚毛だったら、簡単に手に入ると思うぞ。猪もたぶん、もっと必要ならあるぞ。そのあたりは捨てるものだからな」

「え！　じゃあ、作ってほしいブラシなら、他にもたくさんあるんですけど……」

「他にもだと!?　ブラシだけでか？」

オグが目をむいた。

「リン、すべて作れるかどうかはともかく、どんなブラシが欲しいかだけでも言ってみろ」

それからリンは、ヘアブラシと歯ブラシ以外に、ボディブラシ、フェイスブラシ、服のほこり取り用、皿洗い用、シロのグルーミングブラシ、靴みがき用、と思いつくものを言った。こんな形で、いくつ欲しいか、毛の硬さはこれぐらい、と思いつくだけ。

クグロフも真剣に、ブラシをどこで使い、どのような動きをするのか、毛の長さはどの程度必要か、リンの手の大きさ、誰が使用するのか、と細かく質問をしていく。

「よくまあ、そんなにでてくるもんだ」

最後にはオグも呆《あき》れて、ため息をついた。

「このようにたくさんの仕事を、難民である私にお任せいただけるのですか」

クグロフは声を震わせて言った。

「私も難民ですから」

そう答えたリンに、クグロフは深く頭を下げた。


木皿と籠についても希望を伝えて、オークの木を工房に取りにきてもらうようにお願いした。

ブラシに関しては、時間がどのぐらいかかるかもわからず、現時点で料金がだせない、手付金も必要になると言われ、オグがクグロフと挨拶がてら、ライアンと話してくれるという。

「これは国を買うんじゃないから、先に言わなくても大丈夫だよね……」


家に戻り、リンは買ってきたヘンプの糸でシロの首輪を編み始めた。

リンに編めるのは、中国茶向けの急須である茶壷《チャフー》の蓋と取っ手をつなぐのに使う、平結びぐらいだ。平結びだと細いので、組み合わせて七宝《しっぽう》結びにすることにした。真ん中にビーズを入れると、淡い色合いの中に、いいアクセントになった。

青、黄、緑色の、幅が二センチぐらいの首輪だ。

「シロ、きれいなのできたよ。シロの目の色と一緒にしたけど、どうかな？」

暖炉の前で寝そべっていたシロは、呼ばれて顔を向けた。リンの手にある首輪を見ると、慌てて立ち上がり、ブンブンとシッポを振る。

そのかわいい反応に、リンも大喜びでシロに抱き着き、ワシャワシャと撫でまくる。その手を掻《か》い潜《くぐ》り、早く付けろと鼻先でリンの手をつついてくる。

「おー、気に入った？　よしよし」

首輪をしていれば、シロが街を歩いていても問題ないだろう。

……大丈夫。今は仔犬《こいぬ》にしか見えないし。シッポも振るし。

その後、結局リンはもう一つ作ることになったのだけれど。

シロと階下に降りていくと、ちょうどライアンがシムネル、フログナルドと一緒に休憩を入れるところだった。

今日ハンターズギルドでお願いしてきた細工のこと、職人のことを報告しながら、紅茶を淹《い》れてシュトレンと配っていると、ライアンの髪紐《かみひも》がバチンと切れた。

リンは、とっさに紅茶につかりそうになったライアンの髪を手に取った。

「サラマンダー！　何をする。シルフもだ。引っ張るんじゃない」

ライアンが精霊から髪を取り返そうと格闘する。

「なんと！　リン様、ライアン様の髪に触れられるのですか！」

「街がひっくり返ってないか、確認した方がいいでしょうかね……」

「これは館に連絡をいたしませんと！」

側近たちが目を丸くして、うろたえ始めた。

さほど驚くべきことではないだろうに、ライアンの髪一つで、どうしてこうなるのだろう。

ライアンが眉間を押さえ、大きなため息をついた。

「どうやらシロの首輪に嫉妬して、焼き切ったらしい。精霊は美しいものと、光るものが好きだから……」

髪を取り戻し、精霊と今も攻防しているらしきライアンを見つめながら考えた。

「ライアンの髪紐はシンプルな皮ひもだから、色とビーズが羨ましかったんでしょうか」

「余っている糸があればもらえないか？」

「ありますけど、さすがにシロとお揃いはどうでしょう……」

ライアンの髪はまだ引っ張られて、左右に揺れている。

リンは精霊をたしなめた。

「シルフ、引っ張っちゃだめだよ」

「いや、今そこにぶら下がっているのはグノームだ」

ライアンはため息をつきながら、グノームを髪から弾《はじ》きとばした。

ティータイム

精霊と白銀の髪

「『街中がひっくり返るなんて、どういう状況だったのですか』と、リン様に聞かれましたよ」

ライアン様の工房をでる時に、リン様がシムネルに何事かを尋ねておりましたが、そのことでしたか。

私はシュトレン。たった今、ライアン様の工房から館に到着したばかりです。

「あの頃、シムネルはライアン様にまだお仕えしておりませんでしたね」

「ええ。噂《うわさ》では聞いたのですが。今度教えてください」

シムネルはそう言って、ライアン様に頼まれた仕事を片付けに離れていきました。

さて、私も報告に参りましょうか。


そうですね。あの時は本当に大変でした。


あれは、ライアン様が王都にある士官学院を、首席でご卒業となった年の夏でした。

フォルテリアス貴族の子息、子女たちは学業を修め、卒業と同時に晴れて成人と認められます。

卒業後すぐの夏の社交でデビューする者も多く、皆に卒業と成人を祝われるのです。

ライアン様の場合、精霊術師としてもとっくに精霊術学校を卒業したと同等の資格を得られておりましたが、成人を機に「見習い」の文字が取れ、賢者と呼ばれることになるのです。

次代を継ぐ賢者の成人に、国を挙げて、祝いの気分が盛り上がっておりました。

王都にある学院に通われながらも、社交で人が集まる夏の間はウィスタントンに戻られていたライアン様でしたが、さすがに成人となる年は王都に残ることにされたのです。

正式にこの国の賢者として立つことに対しての責任感からで、いいえ、父である公爵様に、残るよう懇願されておりましたね、そういえば。

それに伴い、私も久しぶりに王都での夏を過ごすことになったのです。

ライアン様は社交を苦手とされておりました。

成人貴族としてデビューをしたばかりのライアン様に、近づきたい者は多くおりました。

周囲に集まる人々と意味ありげな視線。あちらこちらから風に乗り、聞こえてくる言葉。笑顔で近づき言祝《ことほ》ぐ者が、そのすぐ前には、なんとしても賢者とお近づきになれ、と、その子息や子女に告げているのです。どのように美しい微笑《ほほえ》みを見せられても、心をくすぐる誘いをかけられても、本心だと思えるでしょうか。

苦手と申しますより、そのような状態に慣れきっていたと申しましょうか。必要最低限の社交だけをこなし、慎重に、言質《げんち》を取られることがないように振る舞われていたと思います。

その夏の間、一つだけライアン様が楽しみにされていることがございました。

各地の騎士が参加する武術大会です。

剣技、弓技、体術、槍術《そうじゅつ》、馬術、精霊操術といった種目があるのですが、各領地で種目ごとに数名の代表者が選ばれ、夏の王都で競うのです。

他国と違うのは、やはり精霊操術でしょうか。騎士団には精霊術師も所属しておりますので、純粋にその精霊使いを競う種目となります。

王宮の広い修練場と馬場が解放されるのですが、貴族方には見学も許されております。

武術大会は、なかなかに荒々しいものなのですが、御令嬢方も見にこられ、密《ひそ》かに思いを寄せる騎士に花を差しだされます。勝負に勝ちあがった騎士の方から熱い心の内を打ち明けたりもしますので、若い男女の出会いの場としての一面もあるのです。

ライアン様に集まった花の数は、それはもう……。ですが、決してどなたの花も贔屓《ひいき》されることはなく、返礼もされませんでした。

士官学院生もこの大会に出場権利があるのですが、ライアン様はこの年初めて出場することになったのです。

賢者であり、学院の首席でもあるライアン様の勇姿を見ようと、観覧者も多くございました。

武術大会は勝ち抜き戦です。

精霊操術ではなく、剣技の部で出場したライアン様は、見事に勝ち進まれておりました。

その日はとうとう最終日。二週にわたって行われた武術大会も、剣技の決勝戦で終わるのです。

「お疲れはございませんか？」

「ああ、大丈夫だ。昨日はゆっくり休めた。まさか決勝戦まで残るとは思っていなかったが」

私の差しだす上衣に腕を通されながら、ライアン様は苦笑しました。

最後に手袋を手に取られると、こうおっしゃいました。

「まあ、今日の相手は王宮近衛の者だ。若くして陛下の守りを任されるほど腕が立つと聞く。ここまでだろう」

ですが、私にはライアン様が負ける姿は想像できなかったのです。


さすがに最終日ともなりますと、修練場は満席。立ち見も多くでておりました。

中央には貴賓席が設けられ、国王陛下ご夫妻、皇太子殿下、大賢者アルドラ様がご臨席となっておりました。

勝負は、決勝戦に相応《ふさわ》しい迫力のあるものでした。

対戦相手の騎士は、二十代半ばほどでしょうか。まだ若く、体力もあり、騎士としての経験も積み始めているのでしょう。昨年度の勝者というのも、納得できる佇《たたず》まいでした。噂では、そのうち皇太子殿下の筆頭護衛となるべく、期待されている人物だとのことでした。

その騎士は風の加護持ちでございました。

この大会では、精霊操術以外の種目でも、精霊のお力を使うことが許されております。加護のない者と当たれば同条件下での闘いにはなりませんが、フォルテリアスでは、その力の扱いも含めて、本人の実力とされるのです。よほどの巧者でなくては、緊迫した闘いを繰り広げながら、精霊に指示などだせないものです。

相手の剣がビュンという音を立ててライアン様を襲うと同時に、指示が響きました。

「トゥルベード！」

ヒュウと高い音が響き、土を巻き込んだつむじ風が立ち昇りました。ライアン様の視界が遮られ、そこに更なる追撃が飛んでいます。

「ディミート」

ライアン様は難なく相手の風を解除させ、剣を弾くと、逆に剣を伸ばしました。

「ムルス　ヴェントス」

ライアン様は風の壁を建て、逃げ場をふさいでいるようです。

「ちっ」

相手は転がるように、剣を避《よ》けました。

「おお。あれを避けるとは、なかなかではないか」

「昨年よりも動きが良くなっておりますし、よほど鍛錬したのかと」

近くに座る貴族と、その護衛騎士が話しているのが聞こえてまいります。

「……賢者殿もシルフしか使っておらぬようだが、騎士には風が使いやすいのであろうか。火なども効果的だと思うのだが」

主の疑問に騎士が答えました。

「相当の手練《てだ》れでもなければ、サラマンダーを使いこなすのは難しいのです。賢者殿にその心配はないでしょうが、逆に、賢者殿が使えば、他の者では勝負にならないのでは、と拝察します」

相手の勢いを殺し、逆に風の勢いを借り、風を身にまとっての勝負はなかなか着きませんでした。剣と風の音を響かせ、撃ち合いが長く続きましたが、キンという高い音が響き、お互いに距離を取りました。

騎士がニヤリと口元を上げるのが見えました。

「学院の首席だと聞いてはおりましたが、まさか、賢者殿がこれほどの腕前だとは思いませんでした。てっきり術師として精霊操術に出場されると思っておりましたのに」

お二人ともがシルフを使っているからでしょうか。修練場には心地よい風が通り、こちらにまでよく声が届きます。

ライアン様も楽しまれていたのでしょう。同じように目を光らせ、不敵な笑みを見せました。

「精霊操術では負ける気がしない。それに、所詮、人はシルフより動きが遅いもの」

そう言うとライアン様は、また素早く斬り込まれました。

「ッ」

騎士がザッと後ろに飛び下がります。

「……全くおっしゃる通りですね」

剣を握りなおした騎士が返答し、お二人が剣を交わし合う速度がさらに上がりました。

そこからはシルフの出番はなく、純粋に剣技のみで競われたのです。

全員が二人の勝負に息を呑《の》んでおりました。どちらかが押されるたびに、ああっ、きゃあっ、という淑女方の悲鳴が上がります。

それでも勝負はいずれ決着するものです。

カンカンと響いていた剣のぶつかり合う音が乱れて、途絶えました。

ライアン様の剣先は、正確に相手ののど元に突きつけられております。逆に相手の剣先は、ライアン様がわずかに避け、左肩の上に抜けておりました。

髪を一つにまとめていた革紐《かわひも》が切れ、ライアン様の白銀の髪が肩に落ちかかりました。

「勝負あり！　勝者、ライアン・ウィスタントン！」

一瞬の静寂の後、騎士団長の声が響くと同時に、どっと歓声が沸きました。

「おお、お見事ですな！」

「見応えのある試合でしたね」

「まさか、賢者殿の剣技がこれほどまでとは！」

周囲の声にも興奮が見られます。

私も立ち上がり、力強く手を叩《たた》きました。


異変が起こったのはその時です。

勝負は着いたはずなのに、ヒュンと鋭い音を立てて風が吹き、火玉が相手の騎士に襲いかかります。さすがに騎士です。思いもよらぬ火玉の攻撃を素早く避け、腕で庇《かば》うもその袖が風により切り裂かれるのが見えました。

「シルフ、サラマンダー、プロイベーレ！　何をしている！」

ライアン様が左右を見ながら素早く指示をだしているので、ライアン様の精霊が襲っているのに違いありません。

修練場の土を巻き込んだ、大きなつむじ風が立ちあがりました。風に飛ばされた小石が観覧席にまで飛び込み、あちらこちらで悲鳴が上がりました。

つむじ風の周囲に激しく火花が起こり、バチバチとすごい音を立て始めました。

「やめよ！」

制止を聞かず騎士に迫る精霊に苛立《いらだ》ち、ライアン様はおもむろに自分の髪に手をかけると、首の後ろでバッサリと切り落としました。

途端に風が止《や》み、土は埃《ほこり》となって散り、その場に静寂が訪れました。

観客たちも息を止め、御令嬢方は口元に手を当てています。

「全く、髪が切られたごときで暴れるとは……。これでは精霊操術では競えぬな」

ライアン様は精霊をにらむように見上げて言うと、膝をついていた騎士に手を差しだしました。

どうやら髪紐とともに、ライアン様の髪が切られたことに対して、精霊が暴れていたようなのです。

ライアン様はお相手の騎士を助けるために、ご自身で髪を切り落とされたのでした。

本当の騒ぎはそれからでした。

静寂が戻ったと思われたのは束《つか》の間《ま》のこと。精霊が事態を理解するまでだったのでしょう。

大地が揺れたように感じると、修練場の地面に亀裂が入りました。

ゴオオと音を立てて突風が四方から吹き込み、淑女方のハンカチや帽子が舞い上がりました。並ぶ椅子も飛ばされ、ぶつかってまいります。

「きゃあっ！」

「逃げろ！」

その場にいた者は身をかばいながら、大混乱の中修練場から避難を始めました。

ですが、その騒ぎは修練場だけに留《とど》まらなかったのです。

王宮の中庭には天幕が張られ、武術大会上位者を迎えての祝勝会の準備が整っておりました。

その天幕もなぎ倒され、庭の噴水は吹き上がりました。常に美しく整えられている王宮ですが、この時ばかりはぐちゃぐちゃで、花は落ち、木の葉は散り、用意されていた天幕にテーブル、椅子はひっくり返り、泥だらけとなりました。

唯一幸運だったのは、夏で、昼間だったことでしょうか。王宮にはほとんど火の気がなく、炎が燃え上がったのは厨房《ちゅうぼう》のかまどぐらいで、豚が黒焦げとなる被害のみですんだのでございます。

そして、精霊の暴走は街にまで及びました。

王宮の中庭の状態が、王都中に広がったと申せばおわかりになりますでしょうか。

シムネルはこの時街にいて、目の前で噴水が噴き上がるのを見たと言っておりましたね。

その日、私たちは少々荒々しい方法で理解したのです。

白銀の髪を精霊が好む、という賢者に関する言い伝えは、真実であったのだと。

大暴れしていた精霊は、ライアン様が不承不承ながら髪をまた伸ばすことを約束し、間もなく宥《なだ》められました。その場にいた大賢者であるアルドラ様の前に、ライアン様と精霊が一直線に並ばされたことも一助となったのではないかと思います。

嵐の後のような爪痕を残した騒ぎでしたが、皆で協力して掃除にあたり、その際に口から口へとこの度の話が伝わっていきました。

精霊がことさらに警戒するようになったのは、この時からでした。

お衣装替えや入浴の介助など、私はおそばに寄るのを許してもらえたようですが、その私でも髪を整えることはできなくなりました。

ですが、先ほど、とうとう精霊が許したのです。

「特別な方だと思ってはおりましたが。このような日がくるとは。……感慨深いですね」

ライアン様に手を引かれ、森からでてこられたリン様にお会いしたのは、ひと月ほど前のことです。

精霊が許したのは、ライアン様から手を伸ばされたからなのでしょうか。

いえ、違いますね。ライアン様と同じぐらい、リン様も精霊に愛されておいでです。

リン様を保護されてから、ライアン様の生活は少し賑《にぎ》やかに変化しました。その変化を、ライアン様も心地よく感じているように思います。

この出会いをドルーと精霊に感謝したいと思っているのは、私だけではないでしょう。

気持ちも晴れやかに、私は執事室の扉を叩きました。

『火の石』作成

吹雪が続く毎日だが、今年、ライアンは工房を暖かく感じていた。

リンが住み、家中の暖炉に火を入れている。人が住むとここまで違うか、と、軽く驚いていた。

執務室で仕事を終え、今晩はリンと夕食を取ることになっている。パンの焼ける香りが家じゅうに広がっていた。

二階の居間に移動してのんびりとしていると、リンが手に小さな塵取りを持って入ってきた。暖炉に近づくと、火掻《ひか》き棒を手に取り、ゴソゴソとやっている。

リンは相変わらず火打石が使えなかった。アマンドが忙しい時は、こうやって火種を取りだして自室に上がり、自分で暖炉に火を入れている。

「今、部屋に戻ったら、シロが浴室の前でちょこんと待っていたんですよ」

「シロが？」

「ええ。お風呂が気に入ったみたいで」

ちょうどいい火種を見つけたらしく、リンは欠片《かけら》を取ると塵取りの中に入れた。

「リン、サラマンダーの加護がありながら、未《いま》だに火打石が使えないのはどういうわけだ」

「なぜかは私が知りたいですよ。すっごく練習しているのに」

リンは口を尖《とが》らせた。

「子供でも数日で点《つ》けられるようになるものを。よっぽど不器用なのか……」

「あ、ひどい、ライアン！　私だってお湯が沸かせるようになりたいんですから」

風呂に入るのにも、この世界では準備に時間がかかる。

リンが作った『神々しい石』のおかげで水汲《みずく》み作業はなくなったが、お湯は沸かさないとならない。お茶や洗面用のお湯なら少しでいいのだが、風呂となるとリンの居間、寝室、浴室すべての暖炉を使って沸かさなければならない。それをリンとシロ用に二回で、なかなか大変だった。

「ふむ……。リンの国にあった四角いかまどがあった方がいいのか？　いや、あれは雷のお力がいるのだったか」

「火種がないと、朝早くお茶が飲みたい時にも、お風呂でも、アマンドさんたちの手をわずらわせないとならないですし……」

今は寒いからどちらにしても火を入れるので問題ないと言ってくれるが、生活の基盤である水と火ぐらいは、自分でなんとかしたい。

「火の精霊道具か。できないことはないだろうが、サラマンダーか……」

ライアンは目を閉じ、思考に沈んだ。

数日後、ライアンが火の精霊道具を作ると聞き、リンはライアンの工房に向かった。

工房のかまどにはすでに火が入り、暑いほどで、裏庭への扉が細く開けられていた。

「サラマンダーの力は強く、火の制御はとても難しい。『水の石』と違って、今回は見学だけだ。

なるべく離れていた方がいい」

リンがうなずいて工房の隅へ下がると、ライアンが火の中にフォルト石を入れ、古語で指示を与え始めた。

「サラマンダーよ、力強き浄化の炎をこの石に宿せ。カレスコ　ペローディネム……」

火の勢いがぐんと増した。

本当に精霊の力というのは不思議だ。薪《まき》を足さなくても火が燃え上がる。

祝詞《のりと》の途中で、炎が一段と高く揺らめいた。ライアンがそれをねじ伏せるように、早口になった。

一度収まったかのように見えた炎が、ごおっという音とともに火柱となって立ち上がった。

「きゃあっ！」

リンは頭を抱えてしゃがみ込んだ。

「つ！　サラマンダー、ミヌエーレ！」

ライアンが慌てて指示したが、遅かったようだ。

ピンッと甲高い音がして、火に入れたフォルト石が砕け、弾け飛んだ。途端に火の勢いが落ちていく。

ライアンは腕を上げ、ネイビーブルーのマントの袖で、とっさに頭を庇《かば》ったようだ。

ふうっと大きな息をついたライアンが火の方へ手を伸ばし、何かをつまむと、リンの方へポイッと投げた。

「えっ！」

真っ赤に変化した光のオーブが、ふわんとリンの頭上を行き過ぎる。

「……リンのそばにいるサラマンダーが飛び込んだ。手伝いたかったのか、遊びたかったのか」

リンは後ろを向いて探すが、どこにオーブが飛んだのか見当たらない。

「捕まえておけ、と言っても無理だろうな」

「無茶《むちゃ》言わないでください。見えないんですから」

リンはきっぱりと言った。何をどうしたらいいのかもわからない。

「しかたがない。次に来たら私が押さえる」

ライアンは再度火に向き直り、フォルト石をパラパラとくべた。

祝詞が始まり、炎が高まった。今度は先ほどより静かにその状態を維持している。

『水の石』を作った時より祝詞が長いが、ライアンは火を見つめて集中し、言葉を紡ぐ。祝詞に合わせて、炎が踊った。

ゆらりと大きく炎が揺れ、オレンジの光を放った。

「あ、また……」

ダメか、と、リンが息を呑《の》んだ時、ライアンが天井を見上げ、大きく息を吐いた。

「成功だ。レスティングエーレ」

一瞬でふっと火が立ち消える。

ライアンは革の手袋をはめると、消えたばかりのかまどから『火の石』を取りだした。五、六個あるだろうか。中央の作業台に銅のトレイを置き、その上に並べていく。

赤く透明な、卵ぐらいの石になっている。覗《のぞ》き込《こ》めば、石の中にオレンジの炎が揺らめくように輝いている。

「うわあ、これもまたきれいですねえ」

「これを風呂で使ってみると良い」

リンはライアンの顔を見上げた。熱でいつもより頬《ほお》に赤みが差している。

「火打石の代わりになるんですね！」

これであの不毛な作業から解放される、と、リンの顔は輝いた。

「違う。見ただろう？　サラマンダーは難しい。火がでるような精霊道具は危なくて持たせられぬ」

それは火打石のように火花が飛ぶものではなく、石そのものが熱を持つようにできていた。

「『カレスコ』で熱を発する。『カレファック』でさらに熱く、『デフリジェスコ』で冷える」

ライアンは説明をしながら、水桶《みずおけ》に『火の石』を落とした。

十を数える前にボコリと湯が沸き、湯気が上がる。

「早いですね」

「風呂用に大きく作ったからな。実際に使って使用感を教えてくれ」

「ライアン、さらりと作ってくれましたけど、これ、すごいですよ！　どこでも火を起こさずに水が温められるってことですよね？　つまり雪の中でも温かいものが飲めますよね？」

「ああ。ユール・ログの伐採の時に、ハンターがカップに焼き石を落としているのを見たな。同じように使えるだろう。大きさは小さくする必要があるが」

「それに飲み物だけじゃないですよ。騎士にハンター、雪の中で働く人すべて、ポケットに入れれば身体を温められます。寒さが応える病人だってそうです。広い用途に使える、素晴らしい精霊道具だと思いますけど」

「誰もが使えるようにする、ということか」

ライアンは眉を寄せ、難しい顔をした。

「さらりと作ったというが、これは決して簡単な精霊道具ではない。合図による熱の発生と消滅、熱の制御、複数回使えるように、と複雑な指示の魔法陣が必要になる。その上、サラマンダーが忌避する水中で力を発揮させ、かつ、制御するのが特に手を焼くところで、火の術師泣かせの高度な石だ」

「そんなに？」

「ああ。人にちょうどいい温度は、サラマンダーにはわからぬからな。魔法陣も複雑になるが、見ただろう？　まずこの石を作成する段階でサラマンダーとの戦いだ。……リン、今日はその石を使ってくれ。少し考える」

ライアンはそう言うと、紙に何かを書き始めた。

貴方を温めるハニー・ジンジャー・シナモンティー

冬至まであと二日となった今夜は、一年のうち、満月が最も高く、長く頭上にあるという。

リンがこの世界に来たのは、ちょうどひと月前の満月の夜だった。


ライアンは、秋分から春分の日までの半年の間、月に一度、満月の夜に森に入る。

リンが現れた聖域にある湧き水で、月の光を『水の石』に取り込み、『水の浄化石』とする精霊儀式が行われる。この儀式は聖域でしかできず、つまり、今のところ賢者であるライアンか、その師匠であり、先代賢者であるアルドラにしかできない。

その上、秋から春の満月の夜に、幸運にも空に雲がかからなければ、という条件が重ならなければならない。それ以外の季節には、聖域の湧き水まで光が落ちてこないのだ。

清き水がなければ人は住めない。

ヴァルスミアでは森のご加護もあって、水は清く、浄化の必要もないが、フォルテリアス国内でも場所によっては『水の浄化石』を必要とするところがある。他国ではもちろんだ。

それでこの石は領外、国外に輸出され、重要な通商材料となっていた。

今夜もライアンは『水の浄化石』を作るために、一人聖域に向かった。

一昨日まで続いた吹雪が終わり、今日は運よく晴れて、大事な日に満月が隠されることがないのは喜ばしいが、こんな風にきれいに晴れた日は一段と冷え込みが厳しい。

窓から眺めれば、風がサラサラの雪を宙に舞い上げ、白く冴《さ》えた月の光にキラキラと光っている。

「夜明けまでいることはないだろうけど、凍えそうだよね……」

見るだけで寒そうな景色に、リンは肩をすぼめた。


昨日、騎士が聖域手前まで道を作っていたが、雪もだいぶ深かった。

シルフの加護がある者が小道の雪を巻き上げて払い、それを騎士が脇に固めていく。

慣れているハンターでもない限り、雪の多くなるこれからの森に入るのは自殺行為だ。こんな時でもないと入れない、と、リンは騎士に同行した。

すでに一度、雪にすっぽりとはまったことのあるリンだ。あの時は塔の騎士に助けてもらえたが、次にどこかではまったら、抜けだせないかもしれない。

運良く助かっても、ライアンのあの長いお説教は、もうごめんだ。

窓の外をチラチラと眺めながらも、どうにも落ち着かない。

お湯はすぐ沸くよねと、また立ち上がる。

森からでるライアンの姿が見えたら、すぐにお茶を淹《い》れようと待ち構えているのだ。

広西壮族《コウセイチワンゾク》自治区で見つけた、黒と金色の混じった大きな茶葉が美しい桂紅《グウェイホン》は、最近ライアンのお気に入りだ。

アプリコットやリンゴを煮たような、ほのかな甘い香り。タンニンがあって、口の中にしっかりと感じるボディがあるのに渋くなく、丸みがある。ミルクを入れても力負けしない。ティーカップに赤いきれいな水色が映えるのもいい。

今日は寒いから、これに温まるスパイスを入れてあげよう、とすでに準備万端だ。

乾燥ショウガとシナモンを薬事ギルドで見つけたのはラッキーだったと、また窓を眺める。

「リン様、落ち着きませんか？　先ほどから窓の外と暖炉を三回は確認されていますよ。ライアン様はおそらくあと一刻ほどは戻らないでしょう。浄化石はできる時になるべく多く作らないとなりませんから」

居間に入ってきたシュトレンの、笑みを含んだ声がした。

「でも今夜は思ったより冷えてきましたよ。水に落ちたら凍えるし、一人で入るのは危なくないですか？　……やっぱり私もついていけばよかったですかね。聖域にも入れますし」

ライアンにされた説教を思いだしながら言ってみた。

「私もいつも護衛を、と申し上げるのですが、慣れているから必要ないとおっしゃるのですよ。それにリン様についてこられたら、ライアン様がかえって落ち着かないでしょう。昨日も知らないうちに騎士の雪かきについていって、心配をかけていらしたではありませんか」

今度は少し呆《あき》れたように言われてしまった。

「リン様、待っている間にお風呂に入られてはいかがですか？『火の石』をいただいたのでしょう？　シロがきっと待っていますよ」

ライアンはあれから『火の石』を作り直した。

二つの『火の石』をカチンと軽く打ち合わせると、熱を発し始める。二回打ち合わせると冷める。一つずつ別の手に持っていると温かいと感じるぐらいだが、石同士をくっつけて布袋に入れると触れないほど熱くなり、水に入れるとお湯も沸く。

お風呂だと二つか三つを合わせて使うと、短時間でちょうど適温になった。

熱を放出しなくなったらまた火の中に入れて、火の精霊へ加護を願う祝詞《のりと》を言えばいい。

ライアンは様々な大きさの『火の石』を作り、実験を繰り返している。風呂ででも検証してみるように、とリンにも課題がだされたのはもちろんだ。魔法陣も、より安全になるように、と微妙に変えて試しているらしい。

誰にでも使える精霊道具になるまでの検証は難航することも多く、実現不可能と挫折する精霊術師も多いそうだ。

安全性、他国に渡り悪用されないか、精霊術師の負担と継続的な報酬、他業との兼ね合い、なども十分検討され、精霊道具として世にだすか決まるという。

「お風呂はこの髪紐《かみひも》を作ってからにします。クグロフさんがビーズを届けてくれたので」

シュトレンにビーズを見せた。

精霊たちがライアンの髪紐をぶつりと切ってから、すでに三つの髪紐が犠牲になった。

リンが同じものを作るといっても、さすがにシロの首輪と一緒なのは使いにくく、まずいだろう。

ライアンにふさわしそうなもの、精霊が喜んでパチンと切らないものを、と、シュトレンに相談して材料から悩んだ。

ライアン専用の糸が『レーチェ』には常にストックされており、それを館の専属の仕立人が衣服に仕立てる、と聞き、足を運んだ。

「おや、金糸にしたのですね。それに茶を合わせるのですか」

「ええ。この茶色はオークの樹皮の色なんですよ。『レーチェ』と取引のある染色職人さんが染めたものですけど、オークで染めることはまずないから、大変光栄でよい勉強になったと喜んでいたそうです。まだ糸は『レーチェ』にあるので使ってください。はじめはこげ茶一色の予定だったんですけど、マントの刺繍《ししゅう》に使った残りの金糸があるとだしてくださったので、合わせてみようかと」

太めのシルクの糸を選び、それを染めた。金糸もやはりシルクに金箔《きんぱく》を巻いてあり、太さがリンの選んだシルクの糸とちょうど合う。

「オーク染めですか。それはドルーも精霊も喜ぶことでしょう」

「ええ。暖かみのある、いい色に仕上がったと思います。これでいただいたオークは樹皮まで全部使えました。金糸も、精霊は光るものが好きというので、喜んでくれるといいのですけど」

「美しいものが好きですからね。このビーズも小さいですが、曇りなく透明で、素晴らしいです」

リンはいたずらっぽい笑みを浮かべた。

「これ、実は精霊の石なんですよ」

「精霊石ですか！　それで四つなのですね。なるほど。美しいのは当然ですね」

「クグロフさんがすぐ穴を開けてくれて。精霊たちも自分の石がついていたら、糸を切れないんじゃないかと思って！」

得意そうにリンは笑った。リンなりに考えて作った髪紐だ。

細い平結びで、真ん中をこげ茶にして両側の部分に金が覗く。青、赤、緑、黄色の精霊石のビーズが一つずつ途中に編み込まれている。

「できた！」


ライアンが戻ったのは、リンが髪紐を仕上げ、お風呂から上がった後だった。

「おかえりなさい！　温かいお茶をすぐ淹れますから、暖炉の前へどうぞ」

「ああ。ありがたい。今夜は息まで凍りそうだった。リン、聖域の中まで雪かきがされていたが、昨日は聖域にまで行ったのか？　足元が雪で見えないのに、湧き水に落ちたら危ないだろう？」

シュトレンは笑いをこらえるような、微妙な顔をして言った。

「ライアン様、先ほどリン様も、ライアン様が水に落ちたら凍える、と同じことを申しておりました」

「君ではないから、水には落ちぬ」

「ひとこと余計ですぅ。それにシロも一緒でしたから、一人ではないです」

カチリと音をさせて、リンがテーブルにカップを置いた。

「はい。今夜はスパイシーな紅茶にしてみました。温まりますよ。シュトレンさんもどうぞ」

ふんわりと上がる湯気は甘く、シナモンが香る。

「これはシナモンと蜂蜜か？　少し辛みがあるが」

「ジンジャーのパウダーです。ピリッとして温まるので、冬にはぴったりなんですよ。ミルクを入れても合います。これ、お茶はいつもの桂紅ですよ」

「こういうのも、時にはいいものだな」

暖炉の薪が爆《は》ぜる音、オレンジの火の暖かさに、この紅茶はひどく似合う。

冬の至福の一杯というものだろう。

ライアンの凍っていた身体から緊張がほどけていくようだ。肩の力が抜ける。


リンが手をすっと差しだした。

「はい。髪紐ができました。これはもう切られないはずです」

ライアンは美しく編まれたそれを手に取り、驚いて見つめた。

「これは、精霊石か」

「ええ。水、火、風、土の精霊石をビーズにしてもらいました。糸はオークの樹皮染めの糸に、マントと同じ金糸です」

ライアンが目を見開いた。

「驚いたな。オークの染めなど見たことがない。精霊石のビーズも初めてだ」

リンがこのようなものを考えて作れるようになっていることに、ライアンは驚いた。

精霊術のこともしっかりと教えてはいないのに。


「昨日はこれを作りに聖域に行ったのか」

そうと気がついてライアンは、はっと顔をあげた。

「ええ。精霊たちがとっても協力的でしたよ。あなたたちの待っている髪紐を作るから協力してくれって言ったら、もう、すぐ」

リンはふふふっと笑った。

「シルフは風で雪を払い、オンディーヌは水で川の雪を溶かし、サラマンダーは火を起こし、グノームは土を柔らかくして。よっぽど嬉《うれ》しかったんでしょうね。目の前で景色が変わりましたから」

リンは歌うように言った。

「よく小さい石になったな」

「ええ。小さなフォルト石の核をさらに砕いて使って、これは髪紐にするから、大きくしたらできないよ、ってお願いしたらやってくれました」

「それで精霊が言うことを聞いたのが驚きだ。水と火はわかるが、風と土は……。まさか、あの祝詞を使ったのか」

「ええ。それしか知らないですもん。風はライアンが子供の頃に凧《たこ》揚《あ》げしたやつで、土はライアンが疲れて椅子を作ったやつです」

思いだしたのか、リンはまた笑いだした。

何度聞いてもおかしい。どこの誰が凧揚げのために、風の祝詞を新しく編みだすだろう。

「やっぱり思ったんですけどね、精霊はライアンに、とっても甘いですよね。ちゃんとそれに協力するんですから」

「君にほどではないぞ。私はそれでも正しく祝詞を使った。君は何もいらないだろう？」

「どちらも同じだと思われます。オークとビーチの木がどちらの背が高い、と比べているようなもので」

シュトレンが一番客観的な判断をくれた。


「こちらで結んでみてくれませんか？　髪の上で見たいです」

「ああ」

ライアンがシルバーの髪を無造作に束ねるのを、リンは手伝った。

いつも以上に光が髪の周りで飛び回っている。喜んでくれているようだ。

「いい感じだと思いますよ。なんか、光っていますし」

「ああ。シルフがくるくる回っている。ありがとう。いいものだと思う。ドルーも喜ぶだろう」

「喜んでいただけたのなら、何よりです。皆に聞いて、助けてもらったんですよ」

ほっとした。

夜もだいぶ更けて、かなり眠い。シロが部屋で待っているはずだ。

「そろそろ寝ます。また明日。おやすみなさい」

「ああ。お休み。精霊の加護が眠りと共にあるように。遅くまで悪かった。それから、ありがとう」

リンがいろいろと考え、揃《そろ》えてくれたことがわかり、ライアンは心から温まったように感じる。

紅茶を飲んだ時以上に、身体が熱くなってきた。

部屋をでる前にリンが振り返った。

「あ、そうだ。ライアン、紅茶に入っていたシナモンとジンジャー、例の、身体が温まって男の人が元気になるやつですよ。おやすみなさい」

思い当たることがあったライアンは、上を向いて目を閉じた。

ユールの祝祭前日

窓を覆う鎧戸《よろいど》を開けて光を入れながら、アマンドは天蓋の向こうのリンに声をかけた。

「リン様、おはようございます。そろそろ起きませんと、ブルダルーと市に行かれるのに、間に合わなくなりますよ」

昨夜、遅かったせいか、リンにしては珍しく寝坊をしている。

楽しみにしていたブルダルーとの買い物の日、正確にはユールの祝祭料理用のホワイト・テイル《白尾鹿》を仕込む日だ。

アマンドの声にリンは目をパチリと開け、半身を起こした。身体が縦になれば眠気も飛ぶ。

トットットッと、いつもより軽やかな音を立てて、リンは階下に向かった。


リンが外出の準備をしていると、ライアンとシムネルが、ガタンと大きな音を立てて家に入ってきた。普段の動きが優雅なライアンにしては珍しい。

「ああ、リン、おはよう」

ライアンの髪は束ねられておらず、そのままだ。

「……もしかして、髪紐《かみひも》、使いにくかったですか？」

「いや、使い心地には全く問題がない。問題があるのは精霊だ」

顔の横で、手でオーブを押しのけるようにしながら言う。

普段は穏やかに色を変えるオーブが、今日は激しく点滅し、ライアンの周囲を飛び回っている。

精霊も昨夜は気に入ってくれていたようだったが、何がだめなのだろうか。

「結んだ時にどの精霊石もきれいに見えないと嫌らしい。毎朝髪を結びながらそんなことを気にできると思うか？　あまり面倒を言うと髪を切るぞ、と言ったらこの騒ぎだ」

「塔の書類は舞い飛び、暖炉の火は消され、あちこち水浸しで散々で、こちらに避難してまいりました。シュトレンはライアン様の衣装についた泥を拭っております」

「全く。結ぶのは嫌だから解けと言ったり、今度は結べと言ったり、勝手がすぎるぞ」

ライアンが頭上をにらんで文句を言うと、オーブがさらに荒々しく瞬いた。

リンはあんぐりと口を開けた。

どうやらライアンの髪は、本当にあちこち「ひっくり返る」らしい。

いたずらっ子か。

「切るだなんて、そんな乱暴なことを言うからですよ。こちらに座ってください」

リンは髪紐をもらうと、うまく巻き付けて、四つの精霊石が縦に一直線に並ぶように結んだ。

「先日もまさか、と思いましたが、リン様は本当にライアン様の髪に触れるんですねえ。さっきまであれだけの騒ぎだったのに、今はどこもひっくり返りませんし」

そばに控え、首を振りながらしみじみと言うシムネルを、ライアンがジロリとにらんだ。

「うるさいぞ、シムネル」

リンはそれを聞いて、クスクスと笑った。

「精霊はこの髪紐を見たくて、邪魔できないんでしょうね。さ、これでいいですよ。きれいな髪なのですから、切るなんて、精霊じゃなくても残念です。今度、精霊石が紐の先でユラユラ揺れるようなのを作りますよ。そうしたらどう結んでも、すべてがきれいに見えます」

落ち着きを取り戻した光のオーブが、感謝を伝えるようにリンの周りに集まった。

「全く面倒なことしかない。……助かった、リン」

「それじゃあ、行ってきます。今日は師匠と市にいって、そのあと料理の仕込みなんですよ」

リンはブルダルーを待たせないように、早歩きででていった。


「師匠、市でなにを買うんですか？　ほとんどの材料は館から届いたんですよね？」

「ああ。この間のホワイト・テイルがちょうどいい頃合いじゃ。昨日、ウェイ川の船着き場に船が入ったと店から連絡があってな。祝祭に合わせて、海から燻製《くんせい》の魚が運ばれてきたのじゃよ。その確認じゃ。あとはスパイスじゃな」

リンがこちらに来て以来、魚は一度も食べていない。ウィスタントン領に海はないし、市でも見なかったから諦めていた。

「船で運ばれるんですか。魚をこちらで見るのは初めてです。嬉《うれ》しい！」

「リン嬢ちゃまは、魚が好きかね？」

「ええ、大好きです！　私の国は海に囲まれていて、新鮮な魚も手に入りやすかったんですよ。肉より食べていたかもしれません」

「それじゃあ、食べたいじゃろうの。ウェイ川や森の川で釣りもできるが、海の魚はまた風味が違う。この辺りでは海から持ってくるのに、塩漬けか燻製になってしまうが」

「燻製の魚もありましたよ。サーモンという紅色の身の魚です。薄切りのパンを焼いて小さめに切った上に、クリームにレモンと薬草で香りを付けたのを塗って、サーモンをその上に置くんです」

　考えただけで唾がでてくる。リンはスモーク・サーモンだけだと味に飽きてしまうことが多く、レモンでさっぱり、クリームで円《まろ》やかにして食べるのが好きだった。

「ほお。本当に料理をしていたんじゃのう。今日の魚も紅色の身じゃが、似た魚だったら、嬢ちゃまが祝祭料理を一皿作るかね？　スパイスはこの国では数が少ないが、レモンは最近入ってきておる」

「いいんですか！　ぜひ！　喜んで」

　館の出入りだという商店の入り口には、届いたばかりの魚が木の箱に入れられ、緑の葉を敷いた上にきれいに並べられていた。煙の香りに、爽やかな緑の香りが加わっている。

「これがフック《鉤》・ノーズ《鼻》じゃ。顎の部分が鉤《かぎ》のようになってるじゃろ」

　端を切って少し味見をさせてもらう。味もサーモンに似ているし、脂がのっていておいしい。

「ふむ。臭みもなく、いいできじゃの」

「全く同じかはわかりませんけど、とても似ています。サーモンに」

「なら、大丈夫じゃの。……悪いが、五つほどをライアン様の工房へ、あとはいつものように館へ手配を頼む」

店の主人に手配を頼み、外にでた。次は野菜とスパイスだ。

「いつもならスパイスは薬事ギルドじゃが、船が着いたからの。船に乗ってきた商人が市に店を張っているじゃろ。たまに珍しいのが、いち早くでることがあるんじゃ」

マーケットプレイスに張られた天幕の店には、大きな麻袋に穀物が並び、棚には陶の器に入ったスパイスがあった。乾燥した、独特の甘いような香りが漂っている。

店員も褐色の肌をして、服の感じもこの辺りの者とは違っている。

「ふむ。あまり今回は目新しいのはないか……。ん、長胡椒《こしょう》は初めて見るの。ふむ、よい感じじゃ。すっきりして、胡椒より香りが柔らかじゃな。後はクローブ、カルダモン、ガランガ、メース、ナツメグ。この辺りはまだ在庫がある。このサフランと砂糖は少し安くなっているかの。長胡椒に、サフラン、砂糖を少しずつもらおうか」

リンが買い物にでることは、さほど多くない。買い物をする時は館に出入りの商人の店で、ライアンのツケで買えてしまい、あまりお金を持ち歩かない。せいぜい銅貨で、自分で使うのも『金熊《きんぐま》亭《てい》』の食事、二銅貨ぐらいだ。

白のふかふかパンより断然高いのが、砂糖だ。

砂糖一バーチの購入に銀貨がでていて、リンは目を見張った。

「師匠、銀貨ですけれど、これでも安い方なんですか？」

小声でこっそりと聞いてみた。

ブルダルーは物価に疎いリンに、いつもわかりやすく説明してくれる。

「薬事ギルドだと半バーチの砂糖で、そうじゃの、小銀貨三枚かのう。豚の丸焼きが買えるぐらいじゃな。ここだと小銀貨二枚と三銅貨じゃ。ガチョウの丸焼きぐらいじゃろう」

それでも高い。

砂糖少しか、豚の丸焼きか。

庶民なら豚一択、いや、丸焼きだって滅多《めった》にない、特別な日のごちそうだろう。

「何人もがお腹《なか》いっぱい食べられる丸焼きか、少しの砂糖か、ですか……」

「薬草のいくつかは、この国の南でも栽培できるようになったがの。じゃが、ここにあるようなスパイスや砂糖は、南の国じゃないとできんからのう。どうしても高くなるな」


リンとブルダルーは軽く食事をとった後、工房ですべての材料を確認し、メニューを決め、仕込みを始めた。

祝祭メニューにはリン担当の部分がある。

フック・ノーズに、かぼちゃのスープだ。

ここでは誰にも理解してはもらえないだろうが、冬至にはせめてかぼちゃが欲しい。ゆず湯がない代わりに、かぼちゃが食べたい、とブルダルーにお願いして、市でかぼちゃを購入してもらった。

日本の品種と違って、まるでハロウィーンのパンプキンみたいなオレンジの皮だけれど、これでもかぼちゃ。こちらにある材料でできるし、スープにさせてもらうことにした。

《工房の祝祭メニュー》

一の皿：白ワイン　セージと蜂蜜入り
二の皿：スモークド・フック・ノーズのクリームトースト
三の皿：かぼちゃのポタージュ
四の皿：ホワイト・テイルのロースト
五の皿：りんご、ぶどう、フィッグのパイ
リンのお茶：プーアル熟茶　一九九八年　思茅《シーマオ》

祝祭のメニューはお茶まで入れて、六種類。

「館だと四と五の皿の間にもう一皿、パイが入るんじゃ。そこで余興の楽師が入るから、音楽のツマミになる感じじゃな。ここでは最後に嬢ちゃまのお茶があるから、これでいいかと思うんじゃが」

「私にはこれで十分すぎますよ。ホワイト・テイルも楽しみです」

「今日はホワイト・テイルをマリネにするだけじゃな。熟成で香りができあがってきていての。マリネ液に漬けてからローストするのがよさそうじゃ」

「手伝います！」

「ホ、ホ、手伝いなどいらんほど、簡単じゃぞ。ぜーんぶ漬け込むだけじゃ」

それからブルダルーはテキパキと、赤ワインをフランベしてアルコールを飛ばし、大きな鍋に入れ、そこに、にんじん、玉ねぎ、エシャロット、ローリエ、タイム、ローズマリー、パセリ、オリーブ油、胡椒、そして、ワインから作った香りの強い蒸留酒を加え、ホワイト・テイルを漬け込んだ。

「これで一日おけば、明日にはちょうど良くなる」

簡単じゃったろう。今日はこれで終わりじゃ、と言いながら、ブルダルーはさらにスープ用の一番大きい鍋を火にかけ、豚肉の塊を切り始めた。脇の台には玉ねぎ、にんじん、半割りの黄色い豆などが並んでいる。

「あれ、師匠、もう夕食の支度ですか？」

さすがに早すぎる。まだ昼を食べたばかりだ。

「これは城壁の外に持っていく分じゃ。せめて祝祭には少し余分に食べられるようにの」

「城壁の外？」

ブルダルーは肉を鍋に入れながら、思いだすように遠くを見た。

「ウィスタントン公爵が二十年程前にこの地に入るまでは、ここは本当に貧しくてなあ」

二十年前はリンにとっては子供の頃であまり覚えてもいないが、ブルダルーはまた違う感覚で捉えているだろう。

「北の国シュージュリーが、周辺の国に戦を仕掛けてどんどん大きくなっていた頃で、まあその時も逃げてくる者が多かった。ワシらも当時は大してできることはなくてのう。辛いもんじゃった。あの国はまた政情不安とやらで、ここ数年また北からの者が来とるでな」

国が安定しないと住んでる者はたまったもんではないの、と、苦虫を噛《か》み潰《つぶ》したように顔をしかめたブルダルーから、リンは野菜を半分引き受けて刻みながら尋ねた。

「オグさんが言っていました。城壁の外に難民の人がいるって。そこにスープを持っていくんですね」

「ああ。館から鳥を持っていくから、ワシはスープじゃな。館の料理人と二と半の刻に西の塔で落ち合う予定じゃ」

今日は皆が少しずつ何かを持ち、城壁の外へ向かう日らしかった。

「リン嬢ちゃまも、行きなさるんかね？　ちょっと遠いし、ここにおった方が、いいと思うがのう」

西の塔はこの工房から見て、ちょうど街の反対側になる。

まさか一緒に行くとは思わなかった、という顔で、ブルダルーは心配そうにリンを見やった。

「行けます。大丈夫」

ブルダルーが用意している小型そりの綱を、リンは代わって手に取った。

執務室からライアンもでてきて、リンが街の外へ向かうと伝えると、自分も同行すると言って準備を始めた。

シムネルがリンの持った綱を取り上げ、運ぶ人数が増えるのなら、と、食料庫からさらにもう一つ籠を載せ、フログナルドとシムネルが引いていく。

西の塔の前に、ハムや塩漬け肉の塊、鳥を積んだそりと、館の料理人が待っていた。ハンターズギルドのオグとエクレール、数名のハンターたちもそれぞれが袋を抱えて、城壁外にでようとしている。

「なんだよ、ライアンに、リンまで来たのか？」

「来ました。皆が行く日なら、私も参加しないと」

「参加って言ってもなあ……。まあ、いい。驚くなよ」

チラリとライアンを見て、若干、気まずいような顔でオグは言った。

西門の警備をしている騎士は、ライアンの顔を見てザッと姿勢を正し、一行を通した。

城壁は高く、厚い。門は外側と内側の二ヶ所にある厚い木の扉で閉じられるようになっている。リンの部屋がここにすっぽり入りそうだと周囲を眺めながら、二つの塔に守られた門を通り抜けると、城壁の外では一気に視界が変わった。

リンが森以外で初めて見る、城壁の外だった。

こちら側には工房側と違って森がなく、開けていた。街の中と違い建物が平屋となり、不規則に続く。家壁も土壁のようで、街のように白く塗られてはいない。

通りにいる人はライアンの姿を見ると、腰を落としたり、頭を下げたり、慌てて挨拶をする。

一人の男が呼ばれたようで、家から焦って飛びだしてきた。

「ライアン様、本日お越しになるとは、聞き及びませんで……」

「今日は同行しただけだ。心配しなくてよい。トライフル、すまないが、荷物を下ろすのを誰かに手伝わせてくれないか」

トライフルが合図すると、数人がペコペコと頭を下げながら近づき、次々と荷物を一軒の家に運び込んでいく。

その中に、森で一緒に狩りをしたローロがいた。ローロはリンに気づくと、またペコリと頭を下げて、荷物を運んでいく。

「城の皆さまには、いつもご配慮をいただいております。ご領主様の御意向で手厚い保護をいただけ、明日もここの皆は安心して迎えることができます」

「もっと皆の生活が安定するようにできればよいのだが。……力が足りぬことですまぬ」

ライアンが言うと、トライフルは慌てた。

「とんでもないことです。どこかへ立ち去れ、元の土地に戻れ、と、何度打たれ、追われてここまで来たかわかりません。この秋に北から着いた者も、より増えて……。それなのに、飢えもせず、追われもせずに暮らしております。城どころか街の人までも、ここを気にかけてくださっています。他国の者にここまでのご厚情、感謝しかございません」

「子供も入れて、さらに十八名が到着したと聞いている。北の状況は変わりないようだな。また話を聞こう。シムネル、館の者と一緒に手配を頼む」

リンがライアンの横で話を聞いていると、エクレールと話している人と目が合った。クグロフだ。

「クグロフさん、こんにちは。昨日はビーズを急いで仕上げてくださって、助かりました。無事に髪紐ができあがりました」

「リン様、こちらこそ。精霊石の加工など初めてでした。ありがとうございます。その、ライアン様が着けていらっしゃるものでしょうか」

「ええ。精霊も気に入っているようです」

今朝の精霊の騒ぎはなかったことにして、リンは伝えた。

「クグロフさんは、こちらにお住まいだったのですね」

「はい。すぐそこの家ですが、今はちょうど、ご注文をいただいたオークの木皿を加工しておりますよ」

ブルダルーと料理人は近くの家のかまどを借りて火を焚《た》き、今日配る分のスープを仕上げているし、ライアンたちも忙しそうだ。

リンはクグロフにお願いして、作業を見せてもらうことにした。


案内されたクグロフの家に、リンは少しの間、言葉を失った。

窓にガラスがない。木の鎧戸で塞げるようにはなっているが、昼の間は光を取り込むためか少し開けてあって、冷気が外から入ってくる。いや、鎧戸を閉めても寒いだろう。

床も木張りがされておらず、土が剝きだしだ。部屋全体を暖めるためか、その中央に炉が切られ、火がたかれている。白煙が昇り、屋根の隙間や窓から外にでていく。奥の一角には、板の間と藁《わら》のような丈の長い草が敷かれており、毛布が畳んであった。

壁には少しの野菜と服が下がっており、作り付けの棚の上に籠や鍋が見える。


こちらから持ち込んだオークの木は、横長の大きな木箱に入れられ、細工の凝った鍵がつけられていた。この家でそれが唯一といってもいいような家具だろうか。その箱だけは磨かれて飴色《あめいろ》に光り、表面には優美な彫刻が施されている。

クグロフはポンとその木箱を叩《たた》き、言った。

「家から逃げる時に、工具だけはこれに入れて、持ってでたんです。使い慣れた工具は、他に代わりはありませんから。……それでは、木皿を作るところをお見せしましょうか。まだ手斧《ておの》で形を荒くとっただけなのですが。申し訳ないのですが、少しだけ火を消しますね。木くずが飛ぶので」


変わった形をした細長い作業台は、家の入り口近くに設置されていた。クグロフは半円型に形を整えたオークを、作業台に取り付けられた工具の間に挟んで設置した。天井近くから皮のベルトが下がり、その工具に巻き付けられて、床まで達している。左足でペダルを踏むと皮ベルトが引っ張られて動き、オークが回転する仕組みになっているようだ。

「少し離れていてください。飛び散りますから」

そう注意を促して、横にずらりと並ぶ長い柄の工具から、クグロフは一本を選んで手に取り、半円形のオークに先の曲がった工具を当てると、ペダルを踏み始めた。

シュー、シュー、シューというリズミカルな音を立てて、木が削られていく。白っぽい木くずが足元に散らばり、木の香りが広がった。

「こうやって木の中から、形を削りだしていくんです」

削った表面を触ると、指に滑らかで、優しい感触だった。

できあがりを楽しみにしていてください、とクグロフは笑う。

「火を消して作業しないとならないなんて、冬場は大変でしょう？」

「久しぶりに仕事ができる方が嬉《うれ》しくて、寒さは忘れますよ。腕が鈍りますから練習はするんですが、注文が入るとやっぱり違います。それにいつかは工房を別に作りたいですし」

リンの大量注文のおかげで、それも早く叶《かな》いそうだ、と喜んでいる。

「籠の方は私の師匠にお願いしています。一緒に逃げてきたんですよ。もう歳《とし》なんで、少し手が震えて細かい作業は厳しいですが、籠のような物はまだきっちり、頑丈に作りますので」

すぐ裏の家で、もう一つや二つできているはずだと言われ、そちらも見にいった。

「師匠、籠の注文をしてくださったリン様をお連れしたよ」

クグロフの師匠は家の前にだしたベンチに座っていた。

隣には炊きだしに使えそうな大きな浅鍋が火にかかっており、白い湯気がもうもうと上がっている。

その中には幅広のベルトぐらいの幅で、大人の腕ぐらいの長さに切られたオークが熱湯につかっていた。

「えっ！　外で作業しているんですか？　寒くないですか？」

「いやあ、今日は暑いくらいでごぜえますよ」

クグロフの師匠は湯気の上がるオークを鍋から取りだすと膝の間に挟み、ナイフを当てトントンと木槌《きづち》を打ち、割り裂いていく。

「オークの木を熱いうちに薄く裂かなくてはなりません。このように両膝に濡《ぬ》れた布を巻いて、そこを途中で叩いて、手を冷やしながら作業します」

皺《しわ》のある武骨な手が動く度に、ペリペリと剝《は》がれるように裂け、中からきれいな白い木肌が覗《のぞ》いた。


すでにできあがっていた籠は、一目見ただけで惚《ほ》れ惚《ぼ》れするような、カーブの美しい籠だった。手作業の温かみがあるというのだろうか。なんともいい風合いだ。

お願いしていたのは、山に行くための深めの背負い籠と、街で買い物する時にこの辺りの女性が持っている、広く浅い籠。両側に持ち手の穴が開いていて、小脇に抱えて買い物する姿をよく見かける。できあがっていたのは、その買い物用の籠だった。

よくしなって形を作りやすいという丸いヘイゼルの枝が、きれいな楕円形《だえんけい》に曲げられて、籠のふちとなっていた。その間をベルトのような白いオークがぎゅっと編まれて、籠となっている。

リンは手に取ってみた。

「このサイズはペックといって、ご注文をいただいた中の、真ん中のサイズですね」

「形もきれいで、丈夫で美しい籠ですね。押しても全然へこまないし」

ギュッギュッと指で押して確かめているリンに、

「丈夫さを確かめる方法があるんでごぜえますよ」

そう言って、クグロフの師匠ができあがった籠を上下逆さまに床に置いた。

「さあ、上に乗ってくだせえ」

「えぇっ！　それはさすがに……」

「いえ、本当にそうやって確かめるんですよ」

笑いながらクグロフにまで言われたリンは、そうっと籠の上に立った。全くへこむ様子がない。

「良いオークの木でごぜえました。この籠は十年でも、二十年でも使えますよ。だんだんと色が変わって、長く使えば味わいがでてきます。まあ、人間と一緒ですな」

いい顔で、クグロフの師匠は笑った。


「リン様。本当にありがとうございました」

外にでると、クグロフが丁寧にリンに頭を下げた。

「師匠もあの歳で育った街を離れて、少しふさぎ込んでいたんです。でも、仕事をいただいてから年《とし》甲斐《がい》もなく張り切って、嬉しそうでした。まだ、籠は俺の方がいい物を作る、なんて言って」

そう言って、鼻をすすった。

「ここは領主様も街の方々も良い方で、森も豊か。狩りをすればなんとか食べられます。それでも慣れた仕事ができるのは、やっぱり違うもんです。だから、ありがとうございます」

「できあがりを楽しみにしていますね」

そう言うのが、リンには精一杯だった。


城壁をくぐり、ヴァルスミアの街に戻ったリンは、うつむきがちで口数も減った。

ライアンが静かに声をかける。

「リン、外での生活に衝撃を受けたか」

「私の世界にも難民というか、貧しくて、家のない人もいたんです。でも、目を背けて、見ないふりをしていたんですよ、私。顔を知っている人があのように生活しているのを見るのは、きつかったです」

「北の大国が内乱に陥ってから、どんどん難民が増えている。あのような生活で良いわけがないのだが、対応が追い付かぬ」

「クグロフさん、ハンターズギルドで、難民である自分にお任せいただけるんですか、って言ったんですよ。私、自分も難民だから、なんて答えてました。帰れる国がないのは一緒ですけど、全然違ってた。難民の人は私みたいに砂糖なんて買わないし、ドレスだって作らないです。きっと何を言ってるんだって、呆《あき》れただろうな」

早口で追いつめられたように話していたリンの目から、とうとう涙がこぼれた。

フログナルドやオグたちが、壁を作るように周りを囲んでくれる。エクレールがリンの手にそっとハンカチを握らせた。

「……あの家、窓にガラスがなかったんです。床も家具もほとんどなかった。工房がないから、作業の時は火を消して、寒い中で仕事をしているんですよ。クグロフさんの師匠は、外で作業をしていました。それなのに二人とも笑顔で、仕事をありがとうと、お礼を言ってくださって。もう、私どうしたらいいのかわからなくて」

貧困が形をなして現れたような家だった。

重く灰色をした雲のかかった冬空のように、あの場所の空気はどこか薄暗く、住む人々も笑顔が少なかったように思う。


リンを静かに見やり、前を見てライアンは話し始めた。

「リン、今回のことで、私も気づいたことがある。領主が難民保護の指示をだし、家や食事の手配がされ、最低限だが支援をしてきたつもりでいた。難民の数の増減、支援の様子、おおよそは私の元にも報告が上がっている。でもそれではダメなのだ、とわかったのだ」

リンは顔を上げ、ライアンの表情を横からじっと見つめた。

「リンが仕事の依頼をだしたおかげで、クグロフに実《じつ》のある支援ができた。それもハンターズギルドで、オグやエクレールが一人一人をしっかり見ていたからだと思う」

「いや、でもそれはこの領の、領主の意向があってこそだからな。ライアン、ハンターズギルドだけじゃできねえことだ」

「そうだとしても、オグ、ハンターズギルドはこの数年、言語やマナーの講座を増やし、領民だけでなく、難民の手助けと交流も支えてきた。今回リンとクグロフが繋《つな》がったのは、オグがクグロフの人となりまで把握していたからだろう。ちゃんとその顔を見ていたということだ。難民が領民になったともいえる。私だったら館に出入りの職人を紹介していただろう」

じっと考えながらリンは歩いた。

確かに最初にライアンに聞いていたら、クグロフと出会うことはなかったかもしれない。

「難民、と、ひと括《くく》りにして考えるのではなく、もっと何か、彼らにできることがあるのではと考えている」

「ライアン様のご指示で、館の者やハンターズギルドの職員と一緒に、一人一人に話を聞いているのですよ。男女、人数といった表面的なことだけじゃなく、出身地、知識や職業的なことまで。そのきっかけはリン様の依頼なんですよ」

シムネルが優しく言った。

「リンも彼らも、難民ということでは一緒だ。突然今までの生活から切り離され、帰ることもできぬ。確かに現在の状況は違うかもしれぬが、だからといって、リンが彼らのような生活をすることを、彼らが望むとも思えぬ。また、彼らすべてをリンのように生活させることも、今はできぬ。難しいが、リンが仕事を与えたように、領主一族として、領民としての彼らの生活が成り立つように、新しい支援の形を考えたい。領主も同じ考えだ」

周囲の者が、一斉に頭を下げた。

「だからリン、君も協力してくれ。今の状況の違いや彼らの困窮を嘆くのではなく、どうやったら彼らの生活を良くできるかを、私たちとともに考えてほしいのだ」

リンは涙を拭き、ライアンを見つめて、コクリとうなずいた。

冬至の日の朝、リンが目覚めると、すでに部屋は明るかった。

もしかしてお昼に近いのかも、と慌てて起き上がる。

昨夜、リンはまだ思い詰めた気分を抱えて、ベッドに上がった。寒くて薄暗い冬の夜、あまり明るい気分にはなりにくい。

温かくてフワフワなシロに抱き着いて、シロも一人、私も一人、なんて呟《つぶや》いていたところが、十分に暗い。

人は夜に書いた手紙を、朝に読み返して引き裂きたくなるそうだが、リンも昨夜の自分の呟きを思いだして、いたたまれなくなった。陽《ひ》の光を身に受けて、だいぶ自分の気分が浮上しているのがわかる。

お茶が一般的ではないこの世界で、自分に何ができるだろうか、と、最初から考えていた。

領によって予算が組まれ、生活が保障されていることにも困惑している自分がいた。だから、ライアンに一緒に考えてほしい、協力してくれと言われ、どこかほっとしたのだ。

何かをしたいという気持ちに、方向付けがされたと思う。

「いろいろ考えたんだけどね。やっぱり自分にできるのは商売かなあ。ねえ、シロ？」

シロは冷静だ。シッポを一つお愛想に振り、ドアを開けるように催促してきた。

「太陽が生まれ変わる日か。あやかって、私も気分を変えないとね」


冬至の日没はだいたい五の刻頃だ。その少し前にマーケットプレイスで、ライアンが司《つかさど》る太陽の生まれ変わりを祝う儀式がある。

儀式の後に、どの家でも暖炉にユール・ログを入れて火をつけ、普段より少しだけ豪華な祝祭の食事を楽しむ。このユール・ログを翌朝まで燃やし続け、その灰を取っておき、春になったら畑にまいて豊作を願うらしい。


今日は祝祭のおめでたい日だから、と、皆が一番きれいな服を着て、マーケットプレイスに集まる。

起床を待ちかねていたアマンドに、リンはまずお風呂に入れられた。

額の生え際からいくつものねじりを入れ、額をだした、いつも以上に凝った髪型に整えられ、

「さあ、『レーチェ』から祝祭用のドレスが届いてございますよ」

と、見せられたドレスが、これまた気合いの入ったものだった。

色はネイビーブルーで落ち着いているが、ドレスの襟元、袖、裾の部分に幅の広いリボンのように、ゴールドの草花が刺繍《ししゅう》されている。ベルトも同じパターンが刺繍されているゴールドだ。白のアンダードレスも、ネイビーブルーとゴールドで飾られている。

「あの、これ、いつもより袖も裾も長いドレスですし、艶のある生地ですし、ゴールドで派手ではありませんか？」

「祝祭ですから全く派手ではございませんよ。レーチェは本当だったら、オーバードレスの全体に刺繍とビーズを縫い付けたかったそうでございます。ひと月しかなくて残念だった。次回は半年欲しい、と申しておりました」

「そうですか……」

こういうのは何か口をだすと倍になって戻る案件だ。リンはおとなしく袖を通した。

「もともと四大精霊のご加護のある方は、闇夜のようなこの色と、陽の光のゴールドを祝祭に着られることが多いのですよ。一つの精霊のお色を祝祭に選ばれますと、それ以外の精霊が嫉妬しますからね」

「じゃあゴールドじゃなくても、白とか黒でもいいのでは……」

「そうですね。次の時には白をご用意いたしましょうね」

アマンドに付き添われ、ドレスの裾をはしたなくない程度に持ち上げて、そろりとマーケットプレイスに向かった。

「視線を感じるんですが。目立ってますよね？」

「リン様がおきれいだからですよ。堂々とされていれば良いのです」

とてもそこまで開き直れないリンは、失礼のない程度に視線を外して、ひきつった笑顔で歩いていった。


間もなく儀式という頃、ライアンが館の方角から歩いてきた。

彼が歩く道筋で、皆が頭を下げ、腰を落として挨拶していくのを見るのは、波を見るようで美しい。

後ろに数名、精霊術師のマントを着た者が従っている。よく見ると、顔見知りの三名だ。

フログナルドは赤、シムネルが緑、オグが黄に赤と青のラインの入った襟の精霊術師のマントを羽織っている。

「え！　皆さん精霊術師なのですか？」

「力はさほど強くありませんが、加護があります。騎士には実は多いのですよ」

「加護は持っております。本日はライアン様の補佐でして」

「ああ、俺も火、土、水の加護がある。大賢者にしごかれたが、ハンターの方が性に合っているな」

精霊の加護のある者が、皆、精霊術師になるものではないらしい。

それでライアンとオグは昔馴染《むかしなじ》みなのか、と、リンが納得していると、ライアンにハンターズギルドへ呼ばれた。

「ああ、リン、大したことではないんだが」

リンを見てうなずいた。

「だが？」

「髪を頼む」

「この後、揺れるタイプの髪紐をすぐ作りますね。毎朝精霊との攻防では大変でしょう？」

リンはくすりと笑って、櫛《くし》と髪紐を借りると、ライアンの白銀の髪に櫛を通した。

「その髪紐をうまく着けさえすれば、精霊が静かで助かる。それまでがひと騒ぎだが。今朝は、君はまだ休んでいると知り、精霊が起こしにいくところだった」

これはもう少し寝ていたら、顔に水でもかけられるところだったのかもしれない。

「助かった、リン」

ネイビーブルーの儀式用のマントの裾をきれいにさばいて、ライアンは椅子から立ち上がった。

「それから、その祝祭の衣装、よく似合っている」

さらりとそう言われ、息が止まりそうになったリンに、ライアンはニヤリと笑った。

「これでエクレールに怒られないだろう？」

残念だ。ドキッとしたのに。リンは吐息をこぼした。


太陽の再生を祝う儀式が始まった。

マーケットプレイスの真ん中に大篝《おおかがり》火用の薪《たきぎ》が井桁に組み上げられている。フログナルドが精霊の力でバーチの木皮に火をつけ、大篝火に移した。

火の周囲をオグたち十数名の精霊術師が取り囲んでおり、そのさらに外側に人々が集まっている。

夕闇の中、精霊術師の列にいるライアンの髪が火に明るく輝き、頬《ほお》を赤く照らしている。

オークの枝とギィを束ねたものがライアンに渡され、儀式が始まった。


「時の輪はふたたび回り、大地は眠りについた。葉は落ち、穀物も地に帰った。

この最も暗い夜に、我らは光を祝い祭らん。

明日、太陽は生まれ変わり、その軌跡はこれまでと同じように続く。

暖かさと、光と、命の再生を祝わん」


精霊術師の列が火の周囲を歩きだす。一周して元の場所まで戻った時、ライアンが続けた。


「太陽の光が我らに戻り、影は去った。暗闇がこの世を支配することはない。

暖かさを大地に、暖かさを空に、暖かさを我らの心に。すべてに光の祝福を。

ここに太陽の再生を祝わん」

ライアンが手に持ったオークの枝とギィを火に投げ入れて、儀式は終わった。

儀式の時のライアンは、文句なく格好良かった。

ティータイム　シュトロイゼル・ウィスタントン

「まて、ライアン、せめてもう少し詳しく話を聞かせろ。そろそろリンに会わせてくれても良いのではないか？」

「今はまだリンに負担をかけるだけです。そのうちご挨拶に参りますから、その時に」

祝祭の晩餐《ばんさん》が始まる合図のホルンが鳴り、パン係を先頭に配膳係が入室した。

「父上、ホルンが鳴りました。晩餐が始まるようです。私は残念ですが、本日はこれで退出いたします。どうぞよい晩餐を。母上、そのご衣裳《いしょう》、大変よくお似合いです。……新しき年に、精霊のご加護がウィスタントンにありますように」

そう言って精霊術師でもある私の息子、ライアンは足早に、そそくさとグレートホールから退室してしまった。

私はシュトロイゼル・ウィスタントン。このウィスタントン領の領主である。


「ライアンめ、見ろ。どこが残念だ。いそいそとでていきおって」

「まあ、シュトロイゼル様、仕方がないですわ。リンが晩餐の席を共に、と待っているのでしょう？足も速くなることでしょう。それに、お聞きになりまして？　あの子、私《わたくし》の衣装を褒めていきましたのよ。リンの影響でしょうか」

そんなこと今までありませんでしたのに、とクスクス笑いながら言う我が妻は、いつにも増して美しい。

「カリソン、私も、その衣装が貴女《あなた》にとても似合って輝くようだ、と今日は告げたかね？」

「ええ。毎日おっしゃってくださっていますよ」

「お父様、お母様を変わらず愛していらっしゃるのは結構ですけれど、パンを取ってくださらないと晩餐が始まりません。それに、ライアン兄様のところにいらっしゃるリンのことも、ぜひ私にも教えていただかなくては」

一人娘で、四人兄妹の末っ子のシュゼットは、一番歳《とし》の近いライアンと仲が良い。そのシュゼットにもライアンは大したことを話していないらしい。

「大兄様も王都から戻って、今宵《こよい》はせっかく家族皆で揃《そろ》って祝祭を迎えられると思いましたのに、残念ですこと」

シュゼットがハンカチを口に当て、ため息をついた。

「そのリンなのだがなあ、ライアンの周囲から報告は上がってくるが、アレは口が堅く、大切に囲い込んでいるようだ。領主である私が毎年出席する、ユール・ログの伐りだしも、今日の太陽の再生の儀式も『領主一族として私がおりますから、父上は御遠慮ください』と、リンの顔を見せてもらえなかったのだぞ」

「ライアン兄様は昔から秘密主義ですもの。大切な女性のことでしたら、隠すのも仕方がありませんわね」

あのライアンが女性にそこまで気を使い、隠すように囲い込むようになるとは、誰が想像しただろうか。

「今日こそはじっくり話を聞かせてもらおうと思っておったのに『祝祭の晩餐は工房で食べます。リンはこちらに家族がおりませんから』などと言いおって！　館に連れてくればいいではないか」

一月前から上がってくるリンに関する報告ときたら、父としても、領主としても、興味を掻《か》き立てられるどころの話ではない。目下のところ、領主一族の最大の関心と話題がリンなのだ。

『ドルーの加護のある異国の女性を、ライアン様が森で保護された。工房で生活をされるので、侍女に使用人、生活に必要なものを至急手配してほしい』

『リン様は、聖域に入れる賢者見習いの方らしい』

『アラバスターのごとき白い肌、ブラック・オブシディアンの黒き瞳を持つ、小柄な女性である』

『素直でかわいらしい嬢ちゃまで、ワシは師匠だから館にはしばらく戻らん』

『ドルー様にも孫のようにかわいがられている』

『風呂が大好きで、毎日のように楽しまれている。ライアン様が風呂のために、火の石を贈られた』

『森の守護者イームズが、リン様の守りに参じ、残られた』

『ドルー様よりオークの枝を賜り、その枝で難民の生活を改善する案をだした』

そして最新情報が『ライアン様の髪に触れることを精霊が許した』だ！

この国では数十年に一人、必ず聖域に立ち入ることのできる精霊術師がでた。

ライアンの後ということは、まだ幼い子供なのかと思ったら、ライアンと同じ歳の妙齢の女性で、そしてあの髪に触れることができる者だという。

ライアンの髪に触れ、ライアンが風呂の心配をし、ライアンと祝祭の晩餐を共にする、それはもう、生涯の伴侶としてもいいのではないか！

父も母も反対などせず、心より待っているのに、なぜ会わせてはもらえないのか。リンの心はライアンに向いておらず、慎重になっているのであろうか。

ライアンはその肩に大きすぎる責任を負い、四大精霊の加護を持ち生まれてきた。

五歳の子にすりよる有象無象を避け、王都を離れ、先王に願ってこの地の領主に封《ほう》じていただいたのは、あの子のためにも良かったであろう。それでも他に代わる者のいない責を負い、王よりも孤独なその場所に、ずっと一人立っている。

同じ聖域に入れるリンならば、その意味が理解できるであろうか。リンがライアンの心に寄り添える者であってほしいのが親の願いだが、そのように期待するのは重荷になってしまうのであろうか。

「カリソン、私にただ一人、貴女が現れたように、ライアンにもリンが現れたのであろうか」

「そうであるといいですわね、あの子のためにも」

気にはかかるが、今は領主として祝祭の晩餐の開始を宣言せねばならん。

ああ、ウィスタントンに精霊のご加護あれ！

ユールの祝祭

リンが慣れない調理器具に四苦八苦しながら厨房《ちゅうぼう》ではりきっていた頃、二階の食事室ではすでに暖炉に火が入り、シュトレンとアマンドによって部屋がきれいに整えられていた。

テーブルには祝祭の晩餐《ばんさん》用に、刺繍《ししゅう》の入った白いテーブルクロスが掛かり、錫《すず》の皿とカトラリーに、ガラスのゴブレが並ぶ。リンが常緑樹の枝で作ったユールのリース状の飾りもテーブルの上に飾られ、その真ん中にキャンドルが置かれた。

そこにリンがかぼちゃのポタージュの入った鋳物鍋を、重そうに提げて入ってきた。

「リン様、私が」

シュトレンに代わってもらい、暖炉の隅の方に置いてもらう。

「これはかぼちゃのポタージュでしたね」

「はい、すぐクリームの小鍋も持ってきます」

「リン様、私が取ってまいりますので、そろそろまた祝祭用のドレスにお着替えを。アマンド頼む」

と、すぐにシュトレンが厨房に向かった。

せっかくの祝祭の晩餐なのだから、と、リンが強引にお願いし、しぶる皆を説得して、今夜はリンとライアンだけではなく、シュトレンたちも一緒のテーブルに着くのだ。

普段は一緒の席には決して着いてくれず、リンにはそれが淋《さび》しかった。一人暮らしならともかく、人がいるのに、ぽつんと一人での食事は淋しい。最初は緊張をしていたものだが、リンもすっかり人がいる生活に馴染《なじ》んだようだ。

サービス用のテーブルを脇に置いて、部屋の暖炉を使って鍋などを温めておけば、デザートまでは厨房に戻らなくともすむ。

少々不作法だが、ライアンの了承も得て、同席できることになった。


「遅くなった」

ライアンが館から戻ったのはそんな時だ。

儀式の時の精霊術師のマントとはまた違う、祝祭用の衣装を纏《まと》っている。リンのものより少し色の濃いネイビーブルーの衣装には、ライアンの髪と瞳の色の二色、白銀と水色で、衣装全体に豪華な刺繍が施されている。六か月あったら私のドレスもこうなるのか、とリンは思いながら、貴公子然としたその顔を眺める。実際に貴公子なのだが。

「ライアン、その衣装、とても似合っていますね」

「窮屈で慣れないが」

貴族らしからぬことを言って、ライアンは居間に入っていく。

「さあ、まずはユール・ログに火を点《とも》そう」

居間の暖炉には、一抱えあるユール・ログが、リンの作ったギィの飾りをつけたまま入っている。

ライアンは短く「インフラマラエ」と祝詞《のりと》を唱えた。ログの下に敷いた細い枝に火が移り、パチパチと音を立て始める。


皆が居間の続きの食事室に集まり、テーブルに着いた。

「今年も皆が無事に過ごせたことを感謝する。そして新しき年にも、天の神の祝福と、ドルーと精霊の加護を願おう」


祝祭の晩餐は、セージと蜂蜜で香りのついた白ワインからだ。

昨日のうちに少量のワインに蜂蜜とセージを数枚入れて温め、それをまた元のワインと合わせて混ぜ、冷やしてあった。

セージと聞いたところで、ライアンがチラリとリンを見た。

「少量の香りづけで、毎日摂取するわけではないから、大丈夫と思いますよ。セージは胃を刺激してくれますし、一皿めとしてぴったりです」

リンはにっこり笑った。


次のスモークド・フック・ノーズのクリームトーストと、かぼちゃのポタージュがリンの担当した皿だ。

ライ麦のパンを薄く切ってトーストした上に、酸味のあるチーズとクリームを合わせ、その上にフック・ノーズをのせたものだ。レモンの皮が彩りにのせてある。

「レモンがさっぱりして、魚の脂がくどくなくていいな」

「本当においしいですね。クリームにも風味があります」

「リン嬢ちゃまは、クリームとチーズを合わせて、タラゴンを刻んで入れたんじゃよ。あるもので工夫して、いい料理人じゃ」

ブルダルーは孫を褒められたように喜んでいる。


かぼちゃのポタージュは色鮮やかに仕上がった。

牛乳にバターとオリーブオイルを加えた鍋でかぼちゃを煮て、潰して濾《こ》したものだ。

きれいなオレンジのスープを皿に盛り、そこにローズマリーで風味をつけた、白いクリームを流してもらう。

「私の国では冬至の日には、かぼちゃを食べるのが風習だったんです。それで今日のメニューに入れてもらいました」

「このオレンジ色は太陽の色だから、やはりニホンも太陽の再来を祝ったのだろうか」

「かぼちゃを食べると風邪をひかないと言われましたから、健康を願ってでしょうか。あ、でも祖母は『一陽来復』とも言っていましたから、同じようなものですね。きっと」

こちらでもあちらでも、太陽を拝むのは一緒ということだろうか。

「さあ、温かいうちにどうぞ。バターをたっぷり入れましたから、コクがあると思いますよ」

「口当たりもなめらかで、甘味《あまみ》があって、本当においしいですわ」

暖炉の火加減も難しいし、ミキサーも泡立て器もない厨房で、ブルダルーの補助でなんとかできた料理だ。褒められて嬉《うれ》しくないわけがない。

シルフの力を凧揚《たこあ》げにライアンが使ったなら、ミキサーにシルフや、トーストにサラマンダーの力を借りてもいいのでは、と思ったぐらいだ。

本当に精霊が手伝ってくれそうだったから、賢明にもリンは口にしなかったが。


メインの肉料理は、ハーブを効かせた赤ワインに漬け込んだ、ホワイト・テイル《白尾鹿》だ。ブルダルーが脂を回しがけ、焼いている時から、厨房だけでなく家中にいい香りが充満していて、たまらなかった。

ブルダルーが皿に切り分け、マリネ液を煮詰めたソースをシュトレンがかけてくれる。

「この薬草の使い方は、ダックワーズに習ったんでございますよ。くせの強い獣肉に合うようです」

ブルダルーは料理長として常に新しいものに挑戦していて、リンは素直に感嘆している。

ホワイト・テイルは今回熟成してみると香りが強くでていたが、そこにハーブの香りがいくつも重なっていて、獣臭さが全く気にならない。

「いつもと違うが、これもおいしいな。薬草の香りが効いている」

「お肉も柔らかいですね。本当においしいです」

リンはペロリと平らげ、勧められるままお替わりをして、笑いながら言った。

「私、こちらに来るまでは、それほどガツンと肉を食べたいと思わなかったんですよ。おいしいってことも理由の一つなんですけど、ここだと身体が求めるというか、そういう感じです。寒さのせいもあるんでしょうか」

「面白いな。寒さに対抗して、身体が自然と欲するのだろうか」


最後のデザートとリンのお茶は、居間に移動して楽しむことになった。

ログを燃やしている暖炉の近くにはシロがいて、今日はシロも特別に鹿肉をもらい、満腹な様子で寝そべっていた。リンが暖炉の前の椅子に腰かけると、近づいてその膝に頭をのせてきた。撫《な》でて、の合図だ。

柔らかな毛に指を通しながら、リンは大満足のため息をついた。

「お腹《なか》いっぱいです。んー、ちょっとお肉のお替わりは多かったかも」

「リン様が楽しみにしていたデザートですよ？」

シュトレンが窯からだしたての、熱々のパイを切り分けながら言う。

「大丈夫です。デザートは別腹、というのが、どの世界でも女性の決まり文句です」

デザートはりんごを中心に、ぶどう、いちじく、玉ねぎを加え、シナモン、ナツメグ、クローブ、サフランといったスパイスで風味をつけたアップルパイだ。

　ふうっと息を吹きかけ、サックリとしたパイを噛《か》むと、温かで甘酸っぱい果汁が口の中に広がる。砂糖もしっかり入っているようで甘いけれど、これはきっと元は酸味のあるりんごだ。

　暖炉の前で食べる、スパイスの効いたデザートに、リンは目を細めた。


　最後は皆を座らせて、リンが〆のお茶を淹《い》れた。

　選んだのは、プーアル熟茶　一九九八年　思茅《シーマオ》。


「風味に好き嫌いがあるかもしれません。でも、このお茶はご馳《ち》走《そう》の後で消化を助けてくれるし、お茶を夜に飲むと眠れなくなる方もいらっしゃるのですけど、これは大丈夫なんです。身体も温めるので、冬にぴったりのお茶ですよ」

　そう言って、赤茶の色味が濃いお茶を差しだした。

「今から二十年以上前に作られたお茶です。円《まろ》やかで、すうっと身体に入って、スパイスの香りを流してくれると思います」

　プーアル茶は苦手な人もいるが、大丈夫だろうか。

「これは、森の中にいるような気分になるな」

「本当ですね、湿った木の香りというか、確かに森の中です」

「面白いお茶ですのう。土の香りに、キノコのような香り、すこし甘いような果実の香りもしますか」

「お茶としてはめずらしい香りですが、口当たりは柔らかいですわね」

皆が続けて飲む様子にほっとして、リンも口をつけた。

「二十年も経《た》って、飲める茶があるとは思わなかった」

「私が飲んだなかで、一番古いのが七十年近く経っていました。そういう特別なお茶なんです」

ゆっくりとプーアル茶を楽しんでいると、ライアンがシュトレンに目配せをし、木箱を受け取って、リンに差しだした。

「祝祭には、贈り物をする習わしだ」

どうしよう、なにも用意してないとあせりながら、リンは促されて箱を開けた。

中には小指の先ほどの四つの、透き通った石が入っていた。それぞれに薄く精霊の色がついている。

「これは精霊術師が見習いとなる時に、必ず最初に持つ『精霊の加護石』だ。聖域でのみ作ることのできる石で、基本でもあり、至高でもある」

「『加護石』」

「この石の精霊の力には、なんの方向づけもされていない。術師が選ぶ祝詞によって方向性が決まり、精霊が力を与える。水もだせれば、洪水も起こせる。火も灯せるし、業火も消せる。そういう石だ。もっともその精霊の加護を持たなければ使えぬし、力の足りぬ精霊術師は多くの祝詞を扱えぬ。これを得て、術師は修行していく」

これが精霊の力を扱う触媒となるということだろうか。

「あの湯を沸かす『火の石』は、これと違って熱をだすように力を方向づけたものだ。わかるか？」

「ええ、わかります。これを使えるように、祝詞を教えてもらえますか？」

「ああ。そろそろ練習を始めてもいいと思っている」


　そう言って、ライアンは赤と緑の石を箱から取り上げた。

「例えば、この火と風の石を一緒に握って祝詞を唱えれば、温かい風もだせる。髪を洗うと凍りつくと言っていただろう？　乾かせるぞ」

「ヘアドライヤー……？」

「なんと言うかは知らぬ。便利だろう？」

「便利ですけど、いいんですか？　髪を乾かすのに使って」

　ミキサーと泡立て器がリンの脳裏に浮かんだ。

「精霊がいいと言えばいいだろう。普通は力を使うと疲れがでるので、髪を乾かすのに力を使いたいとは思わぬ、というだけだ。あとは、精霊の機嫌による。もっとも、君の場合、石すらいらなそうだが、まあ基本は学んでおくべきだろう」

　加護石を箱に戻しながら、ライアンはシュトレンをちらりと見て続けた。

「これを君が身に着けられるように加工しようと思ったのだが、シュトレンに時期尚早、と止められた。クグロフにでも頼めばよい。あれが扱えるのは木工だけではないようだから、面白いと思う。ああ、水と火の加護石だけ隣り合わせに配置してはならぬ。精霊の機嫌が悪くなる」

シュトレンは『ライアン様が恋人に贈るような貴石の装身具を、リン様に贈られた』と評判になるのは、変わりはないだろうと確信した。


「それから、これは偶然できたものなのだが」

そして、ライアンはもう一つ木箱を差しだした。

「『浄化石』だ」

聖域で作られる石はどれも美しい。

加護石も透き通ってきれいだったが、浄化石は格別だ。月の光を取り込んでいるからだろうか、石自身が内側からほのかに光り輝くようだ。精霊の加護の色が、何色も入れ替わるように煌《きら》めいている。

「これが『水の浄化石』ですか。きれいですねえ」

「いや、それは『水の浄化石』ではない。言うなれば『すべての浄化石』だろうか」

「は？」

そこにいるすべての者があっけにとられた。驚いたのは、まだよく石のことを知らないリンだけではない。

「一昨日、『水の浄化石』を作ったついでに、フォルト石を核にやってみたら偶然できたものだ。一つの核に四大精霊すべての加護を入れるのは不可能に近いのだが。精霊が楽しそうに仲良く踊っていたからできたのかもしれん。稀有《けう》なことだ。もう一度手順を検証したいものだが、果たしてできるかどうか」

ライアンはプーアル茶を口にしながら、何事もないかのように言った。

「えーとそれは、この石、小さいですけど王室献上品級ということですか？」

「まあ、そう言ってもいいかもしれぬ。珍しいものだから、持っておけばいい。その石の効果は検証もしていないが、きっと何かを浄化するだろう」

「そんな怖い価値のもの持てませんよ……」

「もとはタダ同然だぞ。君の『神々しい石』と同じだろう？」

ライアンはきっと、リンが来てからのおかしな事象に、いち早く馴染んだのだろう。

精霊のご機嫌につき合うということは、きっと慣れなのだ。ライアンの対応が早いわけである。

この国で一番精霊に困らされているのは、間違いなくライアンだ。

「ありがとうございます。大事にします」

リンもそれに倣うことにした。


料理の時、リンはレモンの絞りカスを取っておいた。

どっと感じた疲れを、ゆず湯の代わりにレモン湯にして、さっぱりと流すことにした。

新年を迎えて

新たな年を迎え、吹雪が収まった日に、リンはエクレールと連れ立ってレーチェの店を訪れた。

「リン、今日はどうもありがとう。本当に助かるわ。エクレールも」

レーチェにブラを作ってみたい、とお願いされていたのだ。

ブラができれば、リンも助かる。

またあちこちをポフポフと触られてはかなわないので、見本として一つ別に持ってきている。


店の奥の個室に通され、長椅子に腰を落ち着けた。

「これを見てもらえるかしら」

レーチェが仕立て室から持ってきたのは、なんとブラを再現したものだった。

「あの時見たのを参考に作ってみたんだけど、細部をよく覚えてなくて。まだ納得がいかないのよ」

リンはレーチェ作のブラを手に取った。

「でも、かなりよくできていると思います。あの時チラッと見ただけなのに、すごいですね」

あれからリンの服を急ぎ扱いで作って、その合間にブラまで再現しているとは。レーチェの情熱に、感心するばかりだ。

「私のブラを持ってきてみたんですけれど」

リンが持ってきたのは黒いものだった。

「まあ！　この間のアプリコット色のも素敵だったけれど、これはまた煽情的《せんじょうてき》ねえ」

外側の衣装のそっけなさとは全く逆の、鮮やかで柔らかな色合いの女性らしい下着。そのアンバランスさに、一瞬息をのんだことをレーチェは思いだした。

「リンの肌はなめらかできれいだから、黒も映えるわね。この国の男性は悩殺されてしまうわ」

レーチェはふふふっと笑いながら、リンのブラを手に取った。

ほとんど布を使っていないかのような小ささ。レースがたっぷり使われた、繊細で豪華な薔薇《ばら》のモチーフの刺繍《ししゅう》。肌を美しく見せる素敵な下着だ。

レーチェは指で生地を確かめ、ひっくり返し、引っ張って縫製を確認し、どうやったら近づけるかを考えていく。

「ブラは美しいだけではなくて、バストを寄せて上げるのでしょう？　今、エクレールにモデルをお願いして製作中なんだけれど、どうもバストのラインがきれいにでないのよ」

バストを覆う部分だけでも、裏から見ると何枚も布を継いで形を作ってあるのがわかる。レーチェはブラの脇と下にある硬い部分を何度も触った。

「ねえ、リン。この硬い部分は何かしら。あとこの内側にあるポケットも」

「この部分、カップの下とサイドには、ワイヤーといって、硬い鉄のようなものが入っているんです。これで脇と下から、バストをしっかり支えているんですね。このポケットは、私は使っていないですけど、薄いパッドを入れて、その、よりボリュームをだして、谷間を強調して見せたい時に使うというか」

「まあ！」

レーチェは、思わずリンの胸を見てしまった。

リンはその視線に、慌てたように言った。

「それに、エクレールさんのブラを作られるなら、これよりもしっかりと支えられるものじゃないと。この硬いサポート部分は必要だと思います。身体にあったブラでバストを支えると、着けていないみたいに軽く感じるんです」

「それはありがたいわね。重くて、肩が凝って、うっとうしいことがあるもの」

「わあ。言ってみたいセリフ」

「そうね。これでだいぶ違うかもしれないわね。でもどうすればいいかしら。脇のところはまっすぐで問題ないけれど、下の部分はカーブになっているし」

どうしたらこの円《まろ》やかなカーブを再現できるのか、三人で考え込んでしまった。

「木で柔らかく曲げられるものはあるけれど、それでも女性の手で曲げるのは無理ね」

「ええ。測るにしても、どうやってこの曲線を測ればいいのか。メジャーだと形を記録できないでしょう？」

少し考え込んでいたリンが、ブラを触りながら言った。

「あの、錫《すず》の棒を作ったら、採寸しながら身体に合わせて曲げられないでしょうか。私が持っていたお茶の葉入れが錫でできていて、柔らかくて手で簡単に曲がったし、何度も形を変えられました。この国の南西で錫が取れて、錫器が有名ってきいたのですけど」

「あら、それはいいかもしれないわね。実際にそれで測って、木か鉄の細工を頼んで入れたらいいかしら」

「そうね。でも、実際のアンダーバストの形なのだから、細工を依頼する時は、誰の何を作るのか、トップシークレットでお願いしてね」

そう言ってウィンクをしたエクレールは決まっていて、さすがに男性ハンターたちの憧れだけある。

それから三人で、ブラの話でさらに盛り上がった。

レーチェはもちろん、エクレールからの質問にリンは押されっぱなしで、形に色、デザイン、それからバストのサイズの測り方まで、知っている限りのことを伝えた。

寄せて上げる機能や、きれいな谷間を作ったり、逆に大きなバストを小さく見せたりするのもあったと言うと、レーチェはますます目を輝かせた。

どこの国も、女性が美しさを追求するのはきっと一緒なのだろう。

このブラの名前も、リンがふともらした意見にレーチェが飛びついた。

「ええと、私の国にこういうのがありましたよ。ふんわり優しく支えるので、えーと、『精霊のブラ』

っていう感じでしょうか。あ、精霊のご機嫌が悪くなるかなあ。聞いてみないとダメですね」

「ぜひ、聞いてみて、リン。完成したら一番にあなたのを作るわね」


こちらの生活に少し慣れ、リンは二つのレッスンを受けることになった。

一つは、ライアンの精霊術の講義。

これは今まで語学や一般常識を教えてもらっていた続きで、ライアンの執務の様子を見て午後に行われる。それでもこれからは、一通り覚えるまで積極的に時間を空けてくれるらしい。

二つめは、ハンターズギルドで行われる、数回の社交儀礼の講義。

『レーチェ』からの帰りに、エクレールから社交儀礼のレッスンを勧められたのだ。

「普段ハンターズギルドで開講しているマナーのクラスは、本当に基本的なことなの。相手に失礼とならない身嗜《みだしな》み、挨拶の仕方、食事の作法、から始まるのよ。リンはもうできているわね。今回お願いした先生は、女性で、まだお若くていらっしゃるのだけれど、貴族対応の社交儀礼のレッスンをしてくださるの。貴族への挨拶の仕方や、ドレスでの振る舞いとか、そういうのを数回程度になる予定よ。大店《おおだな》の主人夫妻が身に付けた方がいい作法ね。せっかくの機会だけれど、なかなか生徒がいないのよ。滅多《めった》に講義をされない先生だから、この機会にリン、受けてみない？」

そういえばライアンはいつも堂々と優雅で、マントの裾さばきが美しかったなと思い、参加を決めた。

数回ならライアンのレッスンと重なっても、それほど負担にもならないだろう。

ギルド二階の講義室に案内されると、時間になっても生徒はリン一人で、結局個人レッスンを受けることになるようだ。

優美で軽やかな足どりで、講師が入ってきた。後ろにお付きの女性が続き、部屋の隅に待機する。とても若い、恐らくまだ十代ではないかと思われる先生だ。刺繍で覆われた、袖の長いドレスを着て、きれいに結い上げた金髪には、青の貴石がちりばめられている。肌は白く、頬《ほお》はピンクでなめらかだ。陶器のような肌ってこれを言うのか、と納得する。

雰囲気が華やかで、かわいらしい先生にリンが見惚《みと》れていると、濃いブルーの目でリンを見て、ふわりと花が開くように笑った。

「遅れてごめんなさいね。あなたがリンね。私《わたくし》が社交儀礼の講義を受け持つのだけれど、偶然ね。私の名前にもリンが付くのよ。ケイトリンよ」

「はじめまして、先生。リンと申します。どうぞよろしくお願いいたします」

「まあ、先生と呼ばれるのはとても新鮮だわ。それでは今日はまず、挨拶から始めましょうか」

リンが日本のお辞儀の仕方を披露すると、この国より北に位置する国の挨拶に近いという。

「北の方の国は男性も女性も頭を下げるのよ。じゃあ、ここでの挨拶を練習してみましょうか。ああ、貴族間での挨拶のことよ。男性は頭を下げたり、跪《ひざまず》いたり、状況によって違うの。女性はこうよ」

　二人で椅子から立ち上がり、ケイトリンの見本の形を見ながら練習だ。

「まず真っすぐに立って、手は自然に横でいいわ。右足を左足の後ろまで引くの。そう、足をクロスするような感じよ。右足はつま先をついてね。それでゆっくりと両足の膝を曲げるの。ほら、ふらつかないようにして。そうよ。それでゆっくりと戻る」

「難しいですね。ぎくしゃくします」

「ええ。最初はそうかもしれないわね。貴族は小さい頃から見て、実践しているから、いつでも美しくできるのよ。裾の長いドレスを着ている時には、ドレスの裾を少し持ち上げてもいいわ。あと、とても上の階級の方とお会いする場合には、膝を曲げた時に、同時に頭を下げることもあるわ。その時はこんな感じに、自然に視線を床に落として」

　ケイトリンのお辞儀は、流れるように自然で、どこにも力が入っていない。

「とても上の階級の方って、どのような方になるのでしょうか」

「そうね……。例えば、王族かしら」

　ケイトリンはにっこりと答えた。

「たぶん王族の方とお会いするようなことはないと思います、先生」

「あら、そうかしら。……ふふ、そうね。いいわ。それでも練習をもう少ししてみましょうか」

朗らかな笑い声を立て、たとえ緊張していても、突然のことでも、優雅に動けるように習得するのだと、ケイトリンは言った。

「リンは、袖の長いドレスを持っているかしら？」

「冬至の祝祭に着たものぐらいしかないのですが」

「それでもいいわ。できれば袖の長いドレスで練習した方が、振る舞いは美しくなるのよ。次はそれで来てちょうだい。次のレッスンは立つ、座る、歩く、よ。一人の時と、エスコートを受けた時の二つね。けっこう難しいのよ」

「はい。先生、今日はありがとうございました」

リンは習ったばかりの挨拶で御礼を言った。


「ごきげんよう、リン。また次のレッスンで会いましょう」


次はライアンの精霊術で、工房の執務室での講義だ。

午前中に習ったばかりの挨拶をリンが披露すると、まだ合格点はやれないが、と執務机から立ち上がって近づき、リンの右手をすくい上げ、もう一度と言う。

「ライアン、手を取られるのは習っていませんよ。そんなの余計緊張します」

「別に同じだろう。さあ、このまま」

また儀礼の講義になってしまった。

「ライアン、儀礼ではなくて、精霊術の祝詞《のりと》を教えてほしいです。この冬のヘアドライヤーが、かかっているんですから」

「温風の祝詞は教えるが、精霊術の授業は、加護石を使わないものから始める」

ライアンの講義は、祝詞で使う古語の習得からだった。


「前にも言ったが、祝詞は、この大陸ではもう使われることのない古語を使う。知る限りでは祝詞にしか残っておらず、精霊との対話の言語といってもいい。すでにある必要な祝詞を覚えるのでもよいが、それでは新しい祝詞を自分では編みだせぬ。だからまず精霊術は、この古語を覚えることから始まる」

ライアンが執務机から取りだしたのは、辞書のような、単語がびっしりと書いてある本だ。少し厚めの、表面がごそごそとした紙に手書きで書かれ、束ねてある。

「これはなにからできている紙ですか。羊皮紙、ではないですよね？」

「リネンの布をほぐして、水に溶かして固めたものだな。このウォーターマークが入ったものが、ウィスタントン家が使う紙だ」

陽《ひ》に透かしてみると、真ん中に飾り文字が一つ、透かしで浮かび上がった。

「これのオリジナルは王都に一冊だけあって、精霊術師ギルドで管理されている。これは私が昔、古語の勉強に書き写したものだ」

精霊術の習得には、この古語の本がほぼ唯一の書き残されたもので、実際に使われている祝詞は、ほぼすべてが口伝《くでん》だという。

「口伝だと、いつしか失われてしまうものも、あるんじゃないですか」

「あるな。それでも書き残したものが悪用されるよりいいのだ。それほど精霊の力は強く、どのようにその力を使うかは、術師に責任がかかっている」

「あとは精霊のご機嫌ですよね」

「皆、術師を万能のように思っているので、大きな声では言えないが、実はそれが一番結果を左右する」

ライアンが真面目な顔でうなずいた。

「火　イグニス、風　ウェントス、終わり　フィニス、燃やす　アデ、アドレ……。ライアン、これ、私の国の言葉で、書き写しながら覚えたらだめですか。覚えられる気がしません。それにここ、『燃やす』のに六つぐらい違う単語が書いてありますよ」

リンが、はあ、と、ため息をついた。

「諦めるのがずいぶんと早すぎるのではないか？」

「古語を探すのに、まずフォルテリアスの単語で読めないのがあるんですよ。間違って危険な祝詞を作りだしますよ、きっと。それに私、すでにある祝詞を覚えるぐらいで十分なんですけど。精霊術師じゃなくて、お茶屋さんですし」

そう言いながら、リンはノートの隅にある古語の走り書きに目を留め、訳し始めた。

「ライアン、オムニアってどういう意味ですか？」

「オムニス。すべて、だな」

「ウィンキトは？」

「勝利する、だ。……待て、君は何を言っている？」

「ほほぅ。『愛は全てに勝利する』なんて、ライアン、情熱的ですねぇ」

「違う！　それは私ではない。父上だ。私が勉強中に、さんざん母上との出会いを惚気《のろけ》て邪魔を……」

ライアンが一生懸命弁解しても、リンのニンマリとした笑顔は変わらなかった。

風邪と石鹸

吹雪が止《や》み、数日晴天が続いている。その分冷え込みは厳しく、朝方には水場や水路の上に、湯気のように白く霧がかかった。

裏庭に面した食料庫は冷凍庫になっていて、肉がカチカチになっている。ヴァルスミアの水場は水が常に溢《あふ》れ、凍ることは少ないが、最近は念のために水の術師が水場を見回っているらしい。

裏庭に少しでるだけでも、頭からつま先までしっかりと着込むのだが、ピンと張り詰めた空気に耳や鼻がひどく痛んだ。

そして、ヴァルスミアで風邪が流行《はや》り始めた。

外にでれば、あちこちでコホコホ、ケホケホと聞こえてくる。咳止《せきど》めの薬もあるけれど高価で、風邪などすぐ治る、とそのままだ。安静にできるならいいけれど、仕事を休んでも暮らせる余裕がある者は多くない。ハンターも狩猟シーズンだから、コホコホ言いながら働いて、どんどん感染が広がっている。

その日の午後、ライアンとのお茶の時間に、シムネルが緊急の要件で、と、館から戻った。

「薬事ギルドから特別予算の申請と、薬の無償配布の許可申請が館に上がっておりまして」

ライアンがカップを置いた。

「そんなにひどくなっているか」

「はい。特に城壁の外、難民が集まっている辺りでは、高齢の者や幼い者から病に倒れ、症状が重くなっていると」

ライアンが眉間にしわを寄せた。

国境線への警戒と増える難民の対応に尽力しているところに、病の流行だ。薬の配布にしても、難民だけを対象とするわけにもいかず、難しいところである。

「館の対応は？」

「予算、薬の配布とともに許可がでております。城壁外へ医者の派遣も手配しているかと。ライアン様にも、薬の作成をお願いしたいとのことでした」

「わかった」

「ライアン、風邪でしたら症状の重い方はお医者さんに見ていただいて、薬が大事だと思いますが、かからないようにする予防も大事なんです。ひどくなる前に、温かくして休むことも」

「それは、以前からリンが言っていたことだな。あの環境では温かくして休むことも厳しいか」

ライアンが考え込んだ。

「予防には、手洗いとうがいが効果的なんですよ」

リンは高齢であるクグロフの師匠の顔を思い浮かべた。

咳止めや、解熱用など、依頼の調薬を終え、ライアンは執務室でシムネルからの報告を聞いていた。

「ご指示いただいた、騎士団の野営用毛布の配布が終了しました。医者の判断で、症状が重い患者は一時城壁内に集めて、薬事ギルドが看病にあたっております」

「そうか」

「それから、こちらが館で作成されたリストです」

聞き取り調査の結果だ。難民の多くはエストーラからの農民だが、細工師のように手に職のある者もいるようである。

「他の土地に移住するにしても、春まではこのままだ。父上より難民の件は任せていただいたが、北の工作員が紛れていないか注意をせよ、とのことだ。エストーラの二の舞になる。トライフルにも注意を促せ」

現皇帝になり急速に領土を大きくしたシュージュリーは、西では反乱が起き始めたというのに、東ではまだ侵略、拡大を続け、すでに皇帝の意思が隅々まで行き渡っていないように見えた。

保護しながらも警戒するというのは、本当に頭が痛い。

そこに来た風邪の流行だった。


ライアンとシムネルが頭を悩ませていると、廊下でパタパタと足音がした。さらに軽い足音が続くのはシロだ。こうしてリンが行ったり来たりするのは、風呂の水汲《みずく》み以来だが、今度はいったいなんだ、とシムネルに声をかけさせた。

「リン様、一体何をされているのですか？」

ひょい、と顔をだしたリンは長く白いエプロンをかけ、使用人の恰好《かっこう》をして、手に瓶を抱えていた。

「そのような恰好をして、今度は何を始めたんだ？」

「この格好は、アマンドさんがこれしか許してくれなかったからです。オークの灰がたまって、昨日灰汁《あく》を作ってもらったので、今日は外で石鹸《せっけん》を作ろうと思って」

リンだって、メイドさん？　コスプレ？　と、ちょっと思ったが、意外と似合っているじゃないか、と思っていたのだが。

「石鹸？　普段使っているものではダメなのか？」

いつもの石鹸はシロも使ってくれないもので、リンはやっと一つを使い切ろうとしている。

「うーん、シロも苦手みたいなんですよ。だから自分で作ろうかなって。それに風邪の予防にも、石鹸は手洗いの効果を高めますし」

「もしかして、このために硬い木を探していたのか」

リンはコクコクとうなずいた。

「本当に、オークを切るほどのことではない、大したことない用途だったんです。でもユール・ログの灰もあるし、暖炉の木は大抵硬いというから作れるかなと」

「外は寒い。工房でやれ」

煮詰めるのに長時間かかるから、と言ったら、なおさら中でやれ、ついでに精霊術の練習だ、と工房での作業となった。

「ライアン、執務はいいんですか？」

「どうせ隣にいる。シムネルはシムネルで仕事を抱えているし、必要なら声がかかる」

灰汁、カレンデュラ、カモミールをそれぞれオリーブオイルに漬けておいたもの、塩、卵、アップルビネガーを運び込み、手順をライアンに説明した。

「まず、灰汁を煮詰めてから、温めたオイルに入れながら混ぜると、固まってくるんです。固まり足りなかったら、塩を小スプーンで一杯加えます」

「どのぐらいの時間煮詰めるのだ」

「この桶《おけ》一杯の灰汁が、このカップ一杯ぐらいになるまで、です。そのぐらいになったら、卵を殻のまま入れて、卵が浮けばちょうどいい濃度のはずです」

「卵で濃度を測るのか。このビネガーは？」

「濃い灰汁が肌に付くと火傷《やけど》する可能性があるんです。ビネガーは灰汁の中和ができるから、念のためです。だからライアンも肌や服に付かないように、気をつけてください。特に髪に跳ねないようにしてくださいね」

精霊が怒りますよ、と言うリンに、髪はともかくそんな危ないものを使って大丈夫なのか、とライアンは後ろで心配気に見つめた。

リンは鍋に灰汁をそうっと入れていく。

「私も実はこの作り方は初めてなんです。向こうではもっと簡単にできる粉が売ってましたから。でもネットで見たから、これでいいはずなんですけど」

「『ネット』とは？」

「うーんと、本ではないですけど、いろいろ情報を得られる、うーん、やっぱり本というのが一番近いかなあ」

ライアンは木箱からリンの『火の加護石』を取りだして、リンに渡した。

「これも早く加工を依頼せねば。使いにくいだろう」

ライアンの加護石はオークの枝を模したブレスレットになっている。

「まずは基本の点火の古語だ。『火の加護石』に触れよ。『インフラマラエ』」

「『インフラマラエ』」

リンは初めて素直に火がついたことに、感動した。

「おお～。もう、火打石いらないですね！」

輝くばかりの笑顔で言う。

「そんなわけがあるか。両方使えずにどうする。次だ。煮詰めるには、やはり火なんだが、サラマンダーは一番制御が難しい。下手な術師の言うことは聞かぬし、適当に指示をだしたら、煮詰めて全部蒸発させる。まず『モディス　カレスコ』」

「昨日、ドレスを真っ白にして灰を集めたのだから、蒸発は困りますよ。サラマンダー、お願い。

カップ一杯分は残してください。『モディ……』」

言い始めた瞬間に火が強まり、水面が跳ねて蒸発を始め、鍋にはカップ一杯の灰汁が残った。

「あれ？」

ライアンは鍋を見つめ、しばし呆然《ぼうぜん》としていたが、はあっと大きなため息をつき、首を傾《かし》げているリンを見た。

相変わらず、リンは精霊に愛されている。それも呆《あき》れるほど。

「サラマンダーだけではなく、すべての精霊が手伝ったように見えたが」

火が強まったと思ったら、水がすごい勢いで蒸発し、それを風が運びさった。

リンの頭上で、精霊たちがキャッキャと声を上げている。

「……祝詞《のりと》がいらないのは、便利ですね。それに本当はこれ、煮詰めるのに数刻はかかるはずなんです。どうもありがとう」

リンの感謝の言葉に、サラマンダーなどは小さな火花を飛ばしてクルクルと回っている。

日々サラマンダーと戦っている火の術師がこの様子を見たら、泣けるだろう。

「身体をくねらせて、喜んでいるな。リン、一応、祝詞は勉強してくれ……」

「はあい。卵も無事に浮いたので、次です。温めた油に灰汁を少しずつ加えながら、ひたすら混ぜる、です。これは様子を見たいので、大変ですけど手作業にします」

カモミールを漬けたオイルを濾《こ》して使うことにした。枝を束ねた泡立て器を使い、弱火でひたすら混ぜる。灰汁を入れては混ぜ、塩も一つまみ入れた。ひたすら混ぜ、やっぱり精霊にお願いするべきだったか、と思い始めたところで、緑白い液が重くなり始めた。

「これは、この間持っていった薬草花だろう？　オイルに漬けたのか」

「ええ、もう三週間ぐらい経ちますね。もともとはこのオイルでクリームとリップバームを作ろうと思ったんですよ。乾燥に効くんです。石鹸は普通のオリーブオイルでも良かったんですけど、どうせならカモミールにしたら、肌もしっとりとするし、香りがいいかなと思って」

　リンは木の型にチーズを絞るのに使うリネンの布を敷いて、そこに鍋から石鹸を移し始めた。

「さ、これで完成です。けど、これからあと数週間はおいて、中まで乾燥させないと使えません」

　ライアンが手首の加護石を触った。

「ふむ。『シッカ　サト　ケレリテル』」

　一瞬で色が変わる。

「今のは風ですか？」

「ああ、迅速に、十分な乾燥を促した」

「やっぱり便利ですね、精霊術。あーあ、古語がんばるしかないのか。……じゃあ、これでできあがりです。もしよかったら、ライアンも使ってください。フローラルですけど、香りがきつくないから、男性でも大丈夫だと思うんですけど」

　リンが切り分けた石鹸は、ほのかに甘い、でもさっぱりとしたカモミールの香りがする。

「これぐらいなら気にならないだろう。試してみよう」

「もし気に入ったら、今度、ローズマリーとかミントの爽やかな香りで、男性向け石鹸を作りますから」

　リンの作業は手早い。さっさと鍋を洗いながら続ける。

「ライアン、すみません、執務の邪魔はしないので、この後も工房を借りてもいいですか？　石鹸に四刻はかかる予定だったのに、一刻もかからずに終わりましたから、ついでにクリームとリップバームを作っちゃいます。これは時間がかからないので」

　石鹸に四刻もかける予定だったとは。

　若干呆れながらも、構わぬ、必要なものがあったら言うように、とリンを残してライアンは執務に戻った。


　それからリンは、一度外にでて何かを持って戻ると、カシャカシャと音を立てながら作業を続けた。これは熱いから近寄っちゃだめよ、と、シロに言う声が聞こえる。一度だけ執務室に顔をだすと、アルカネットを少しください。これ、毒性はないですよね、と尋ね、工房に戻っていった。

「ライアン様、リン様を手伝っていらしても、こちらは大丈夫ですが」

　シムネルは笑みを浮かべている。

　音がするたびに、ライアンがチラリと工房へ目を向けていたことに、気づいていたようだ。

「執務机からはリン様の姿が見えませんから、気になるのでしょう？」

「いや……」

その時、できた、という声がして、ライアンは気まずさをごまかして素早く立ち上がり、確認してくると工房へ足を向けた。

「クリームはカレンデュラのオイルに蜜蠟《みつろう》を溶かして、ローズウォーターを少しずつ入れながら混ぜ合わせただけです。リップバームはオイルと蜜蠟に、アルカネットで赤の色を付けてみたんです」

どちらの薬草花もライアンが使う時は精霊術で濃縮し、薬とする。カレンデュラは戦場で兵士の傷を治す軟膏《なんこう》とされ、カモミールは胃痛薬だ。それを濃縮せず、油に浸しただけで使っている。

「濃縮した方が、効果は高くなるが、良いのか？」

「それだと花が大量にいるでしょう？　これは薬じゃなくて化粧品ですから、これで十分ですよ。時間をかければ精霊術師じゃなくても作れますし。あ、クリームは男性が使ってもいいですから、ライアンもどうぞ試してください。洗髪の後、リンスも使ったでしょう？　ライアンの髪、ツヤが良くなっていますもん」

「ああ。アップルビネガーにローズマリーを入れたものだったか？　シュトレンに渡されたが」

リンは家のあちこちから小さな磁器を集めたようで、それにできあがったものを詰めていく。

「私、アマンドさんやエクレールさんにも使ってもらって、気に入ってもらえるようだったら、石鹸やクリームを難民の女性に作ってもらって、薬事ギルドで売れないかなと思ったんです。オリーブオイルも、蜜蠟も高いですけど、難しいでしょうか」

ライアンが目を見開いた。

「……そんなことを考えていたのか」

確かに難民の生活がより良くなるよう、手伝ってほしいと言った。でも、その後リンとそれについて何かを話したことはなかった。何より、リンだって帰る場所を失い、ここに来たばかりの人間なのに。

ライアンは何と言っていいかわからず、深く息をついた。

「最初は自分の分を作ろうと思っていただけでしたよ？　でも、あの日から、何をしたら難民の人の生活向上となるか、とか、考えているんですよ。私がすぐに思いつくのはお茶ですけれど、すぐに作って売れるものでもないですし」

「リンが依頼して販売するほどの数を作るなら、原料ももっと調達してからになるし、量により値段の交渉も可能だ。春から薬草茶と合わせて、薬草の栽培もありえる。どちらにしても準備なくできることではないし、急ぐことはない」

ライアンだったら、薬事ギルドを通じて難民にも仕事を振ることが可能だ。リン個人の商売でないのなら、原料や人員の手配は領が調整するべき部分でもある。

「そうですね。春までにいろいろ試してみようかな。洗浄力を上げるクレイ入りや、塩の粒とかクルミの殻でスクラブもいいかな。ロバやヤギのミルクで肌がしっとり滑らかになるのとか、いっぱいあったんですよ」

「冬の間は大地も眠り、動きはない。試作にちょうどいいのではないか？　……それにしても、よく考えつくものだ」

館でも薬事ギルドでも、女性は常に美容に良いという新しい何かについて話し、試している気がする。どこの世界でもそこは一緒ということか。

これは案外売れるのではないか、とライアンは思った。


ふと見れば、リンは話しながらさっさと工房を片付け終わって、鏡も紅筆もないのに、リップバームを指にとって付けていた。

「リン、こちらへ」

唇からはみでた部分を、そっと指で拭う。

執務室のシムネルは、ライアンがリンの顎を持ち上げたと同時に、静かに外へでていった。


リンは次に、タイムの石鹸を作った。

ヴァルスミアでも手に入りやすい薬草をライアンに教えてもらい、殺菌効果がありそうだったのがタイムだ。

漬け込む時間が惜しくて、オリーブオイルにタイムを入れ、温めて抽出した。

「えーと、確か『シッカ　サト　ケレリテル』」

緑の加護石を握りしめ、シルフに頼む。

「おお。できた。いい感じ？」

色が変わり、固くなった石鹸を切り分けて、手に取った。

タイムの香りがしっかりとする。少しブツブツとしているのは、加えたタイムの葉だ。

「この香りなら男性も使いやすいかな」


その日、工房に現れたライアンの前に立ち、リンはずいっと石鹸と木のカップを差しだした。

ライアンはその勢いに、思わず受け取った。

「なんだ、これは」

「タイムの石鹸ができました。外から家に入ったら、まず、手洗いとうがいです」

「石鹸はわかった。このカップは？　これもタイムの香りがするか」

「これはのどを洗ってください。うがいと言います」

「のどもだと？」

ライアンは目を丸くしたが、リンに背を押されるようにして、工房に入った。

「さささ、執務前にどうぞ」

どこからだしてきたのか、水盤にぬるま湯を張り、まずは手を洗えと言う。

これはやるまで離れないな、と思ったライアンは素直にリンの言うことに従った。

しっかり指先、指の間や手首まで洗え、とか、もう一回のどを洗え、と、横で指導されたが。

「ほお。これはのどがすっきりするな」

「病気を身体に入れないという目的なんですけど、空気が乾燥してますし、楽に感じるでしょう？」

「ああ。これはいい」

「簡単ですけど、習慣にすれば風邪の予防にいいと思うんですよ」

「わかった。館から民へ伝えさせよう」


リンは家に来たオグに、タイムにレモンと蜂蜜を加えたハーブティをだした。

ライアンに、館からの客にまでうがいをさせるのはどうか、と、言われたからだ。

「今度は茶か。これもいいじゃねえか」

「レモンや蜂蜜は、風邪にも、のどにもいいんですけど、高価なんですよね？」

「ハンターには毎日続けるのは厳しいな」

外で働くハンターたちは、それなりに手洗いはしていたようだったが、うがいの習慣はなかなか身に付かなかった。のどは酒で消毒してまさあ、という者が多かったのである。

エクレールの眉が上がり、にっこりと笑顔で指導が入ったらしい。ギルドに立ち入り禁止になっては堪《たま》らない。

「去年の春先に、一番蜜蜂を探すのがうまかったじいさんが亡くなってな。この冬は特に蜂蜜の値が上がったんだよ。タイムは昔からこの辺で採れるから、この方法はありがたいよ」

リンの社交儀礼の先生も同じ風邪にかかり、先週は休講だった。

オグは、あさっては講義があると、伝えにきてくれたのだ。

講義の朝、支度を済ませると、リンは茶の入った戸棚を開けた。

今日は「お茶会の作法」という講義なのだ。女性が喜びそうな茶葉を選んでいると、ライアンが呼んでいるという。

難しい顔をしたライアンが女性と応接室にいた。振り返った女性の顔を見れば先生の侍女で、丁寧に挨拶をされた。

「リン、今日の君の講義は中止となった」

「先生のお加減が良くないのでしょうか？　もうだいぶ長いですが」

リンは眉をひそめて、顔を見知っている侍女の女性に問いかけた。

もう二週間だ。気管支炎とか肺炎とか、風邪よりひどくなっているんじゃないだろうか。

「いや、のどの腫れが少し残り、咳が軽くでる程度にまでは落ち着いて、快方に向かっている。ただ完治してないので、今、外にでるのは早いだろう。もともと身体が丈夫ではないのだ」

ライアンから先生の詳しい病状の説明をされ、なぜ、と思っていると、苦笑して侍女を見ている。

「リン、君の先生は、どうやら私の妹が務めているようだ。シュゼットという」

何を言っているのだろう。

「は？　え、でも名前が違いますよ。ケイトリン先生です」

「ミドルネームだ。ウィスタントンの家では、全員ミドルネームを持っている。キース、ケイトリン、カイザー、ケンドン」

「えーと、なぜ、妹さんが私の先生に？　あ！　え、私、ちゃんとご挨拶してませんよ。失礼をしたかも。どうしよう」

　リンは目に見えてうろたえた。

「失礼をしたのはシュゼットの方だ。周囲にも内緒で無理を通したらしい。今日も講義にでかけようとしていて、さすがに止《と》めてくれ、と、言ってきた」

　これから館へ向かうというライアンに、用意していたお茶をお見舞いに渡した。他にも何かあった方がいいのかと考えていると、一緒に行くか、と言う。

「え、突然それはダメです。こ、心の準備が！　領主様に生活のお世話になっている御礼もしていないのは気になってはいますけど、でも準備が要ります！　挨拶の練習だって、まだしないと！」

「ほう。そう考えているなら、そのうち機会を作ろう。今日は無理だ。面会の予約をしておらぬ。シュゼットの部屋へ顔をだすだけだ。それなら緊張もしないだろう？」

　いや、それでも十分緊張する。

　リンはフルフルと首を横に振った。

　侍女の女性からも、シュゼットが講義を休んだことを大変気にしている、と言われた。見舞いに顔をだすだけ、領主謁見はなし、と約束され、リンは家の前で待っていたウィスタントン家の紋が入った馬車に乗った。街の中はそこまで広くもないので、馬車は初めてだ。

シロまで飛び乗ってくる。最近のシロは甘えているのか、リンが家から一歩でも外にでる時は、裏庭でもついてくるのだ。

「館にシロが行って、大丈夫ですか」

「喜ぶだろう」


街から館へは、城門を二か所潜《くぐ》った。

一つ目の門を抜け、二つ目の門まで、二重にめぐらされた城壁の間をぐるりと周ると、小さめの門が現れた。

「ここから行くのが、シュゼットの部屋に一番近い」

街を取り囲むのと同じ城壁は、高く厚く、武骨で、いかにも要塞な感じがするが、中の館は城壁から比べると、色も白く、どこか優美だ。

「城壁と館はずいぶんイメージが違いますね」

「城壁は古い時代からのものが、補強されてそのままだ。館は、父上がこちらに来た頃から改修されているから、つい最近だな。こちらだ」

館というのに人気《ひとけ》がなく静かな棟を歩き、侍女にシュゼットの応接間に招き入れられた。

壁は小さなスミレの花束模様の壁紙で、部屋全体が薄いモーブ色でまとめられていた。想像していたより大人っぽい上品な部屋だ。リンの部屋の方が、よっぽどピンクで女の子らしい。

部屋は十分に暖められ、シュゼットがいつもより幾分緩やかなドレスで現れた。

「リン、講義を休んでしまって、本当にごめんなさいね。今日は行きたかったのだけれど」

「いえ、先生。お加減はいかがでしょうか」

「シュゼット、まずリンに偽名を使ったことを謝るべきだろう？　オグとエクレールまで巻き込んで講師などして。侍女にも心配をかけたのだぞ。このお転婆《てんば》め」

「まあ兄様、偽名だなんて。ミドルネームですわ。兄様にバレないようにと、少し細工をしましたけれど。リンにお会いしたかったのですもの。でも、私、風邪を引くまでは、これでも講義はがんばりましたのよ。ねえ、リン」

リンの前では常に優美なレディとして振る舞っていた「ケイトリン先生」は、ライアンの前では、かわいらしいわがままを言う妹になるようで、リンはクスリと笑った。

シロは、しばらくシュゼットや部屋の中をクンクンと嗅ぎ回っていたが、そのうちこの部屋のベスト・ポジション、暖炉前のシュゼットの足元に居場所を見つけたようだ。

シュゼットも嬉《うれ》しそうで、上からそっと覗《のぞ》き込んでいる。

お見舞いに持ってきたお茶を、リンがメイドに手本を見せながら淹《い》れることになった。

今日選んだのは、白茶をベースにしたジャスミン茶だ。白い毛で覆われたシルバーニードルと呼ばれる、針のように真っすぐで細長い茶葉を使っている。

白茶だから沸騰したお湯で淹れられると困る。館でもうまく淹れられるように、茶葉をポットに入れ、最初にポットの四分の一量の冷水を入れてから、沸騰したお湯を注いでもらうことにした。これなら誰にでもできて、自然に温度が下がるだろう。

そんな淹れ方を見たことがないのだろう。メイドは真剣な表情でポットの中を覗き込んでいた。


「これは何かの花の香りなのかしら。お茶の香りではないわ。色も透明なのね」

「ほう。これはまた。このように香りのある茶は、初めてだな」

「これはジャスミンという花で香りが付けられているんですよ。南方の花ですので、この辺りでは咲かないのではないかと思います」

茶葉を敷き広げ、その上に同量のジャスミンの花を重ねる。花は萎《しお》れると香りが悪くなるので、萎れてきたら新しい花と取り換え、それを十回。手間も時間もかかるが、これが昔ながらの製法だ。

白茶はそれ自体の香りが強くないので、ジャスミンの香りが際立っている。夜に咲き誇るジャスミンの庭に立っているかのような、華やかで、エレガントなお茶だ。

いつも館で飲んでいるであろう紅茶とは違うが、気に入ってくれるだろうか。


「おいしいわ。口に花を含んだようよ。それに、渋くもないのね」

「リンの茶はいつも渋くはない」

「兄様ったら、いつもこのようにおいしいものを飲んでいらして、ずるいわ。ねえ、リン、あのタイムのうがいも、蜂蜜を入れたお茶も、リンがライアン兄様に教えてくれたのでしょう？　ありがとう。のどが楽になって、何よりまずくないのですもの。私がいつも飲まされるのどと咳の薬は、酸っぱくて、苦くって、とってもまずいのよ」

シュゼットが味を思いだしたのか、嫌そうに眉を寄せた。

スプルースという針葉樹の芽、アンテナリアの花、コルツフットの花、エキナセアの根、プロポリスなどを濃縮したシロップは、大変高価な薬だが、多少甘味《あまみ》をつけてもごまかせないほど、まずいのだとか。

「スプルースはあの酸味が効くのだ。プロポリスも有効だと、侍医が言っただろう？　シュゼットは油断すると、誰よりも風邪が長引くのだから、しょうがない。我慢しなさい」

もう治ったから、今日は飲みたくない。タイムと蜂蜜で十分だと、顔をしかめて言う妹に、甘い兄の顔をして窘《たしな》めるライアン。仲の良い兄妹だ。

「先生、のどに効いて、先生にぴったりのお茶をもう一つ作りましょうか？」


館にも工房と同じような薬草があるというので、ブルーマロウ、マーシュマロウ、ポピー、ヴァイオレットの花を持ってきてもらった。

ポットに大きなスプーン一杯ずつの花びらを入れて、少し考えて、ブルーマロウをもう一杯足す。沸騰したお湯を注いで、十分程しっかり待った。

「先生、さあどうぞ。『四つの花のハーブティ』です」

「まあ！　綺麗《きれい》な青紫色だわ！　花の色なの？」

「ええ、透き通っていてきれいな色でしょう？　ガラスのポットがあれば、ポットの中に花びらが見えて、より美しいですよ。レモンと蜂蜜を入れてください。まずは、レモンからどうぞ」

レモンを入れると同時に、青紫の透明な水色が、さあっとピンクに変化した。

いつ見ても魔法のようだ。

シュゼットが息をのんで見つめ、周りをキョロキョロと見回した。

「どうしてかしら？　……兄様、精霊がいたずらをしたのでは、ないわよね？」

「このブルーマロウの花がレモンを入れると、青からピンクになるんです。今回は他の花も入れたから、ちょっと紫がかっていましたけど。ブルーマロウだけで試しても青色がきれいだと思いますよ。さあ、蜂蜜も入れてどうぞ」

「おいしいわ！　苦くない！　こんなにきれいで楽しいのに、のどにいいお茶なの？」

ライアンが甘い顔になるはずだ。

シュゼットは楽しそうに笑い、先生から歳《とし》相応の女の子になったように見えて、とてもかわいい。

「ええ。のどが痛い時、咳がでる時にいいお茶です。でも薬ではないですから、お医者様にこれではなく、薬が必要だと言われたら、薬を飲んでくださいね」

「リン、本当にありがとう。ジャスミンのお茶も、このお茶も、とても嬉しいわ。私のことは、どうぞシュゼットと呼んで」

帰り道の馬車の中、リンは、久しぶりにお茶屋らしい仕事をして、懐かしく思った。若干、植物を扱う薬局であるエルボリストリーのようではあったが。

誰かに合うお茶を選び、淹れ方の指導をして、なにより喜んでもらえた。やはり楽しい。

「あの『四つの花のハーブティ』は、薬事ギルドには伝えなかったのだな」

「伝えてもいいんですけれど、あれは高価になるでしょう？　お茶を楽しめる貴族の方でないと。タイムの方が安いし、皆が使いやすいですから」

「確かにその通りだな。……春から薬草の栽培も、視野に入れて考えている」

「ありがとうございます。今度、薬事ギルドに行くでしょう？　なんだか自分が少しずつ、役に立っているというか、前進している気がして嬉しいです」


お茶屋さんへの道はまだまだ遠いけれど。

リンはにっこりとほほ笑み、ライアンはその、どこかほっとしたような笑顔を眺めた。

ティータイム　金熊亭にて

「リンちゃん、いらっしゃい。今日はわざわざありがとう」

ああ、やっと慣れてきたかねえ。

ダックワーズさんだって私に敬語じゃないんですから、ノンヌさんもリンと呼んでください、と言われたのだけれど。ダックワーズは、なんでこの不愛想が、客商売するところに婿に入ったんだか、って思うぐらい、もともと無口だろう？　私は若い頃、お館に行儀見習いにも行ったし、工房の賢者見習い様に敬語じゃないなんて、落ち着かないけれどさ。

まあ、リンちゃんって呼んだら、パアッて明るく笑った顔がかわいかったし、いいのかね。

「ノンヌさん、こんにちは。タタンちゃんの具合はいかがですか？」

「ありがとう、リンちゃん。タイムの蜂蜜漬けをいただいて、助かったよ。蜂蜜に溶かしたら、薬も嫌がらずに飲んで、もうすっかりいいんだ。おとといから食堂の手伝いにも戻れたよ」

かわいい一人娘、タタンの咳《せき》が止まらず、苦しそうで、ダックワーズも私もだいぶ心配したけれど、それもリンちゃんのおかげですっかり良くなったんだよ。

「薬って、酸っぱくて苦いっていう、シロップですか？」

「ああ、苦くはないけど、酸っぱい粉薬なんだよ。スプルースなんだけどね。春なんか、若芽をそのまま食べられる。その時も酸味はあるけど、薬はそれを粉にして、さらに濃縮してあるからねえ。まあ、そりゃあ子供は嫌がるよ。蜂蜜に混ぜたら、なんとか、ね」

「スプルースは食べたことないかもしれません」

「おや、そうかい？　ここの裏庭にもあるし、森にもたくさんあるから、春には楽しめるんじゃないかい？　酢漬けにして香りも付けられるし、蜂蜜とシロップにしても、獣肉に合う森らしいソースになるんだよ。ダックワーズも、ここに来てから知ったらしいが、得意でね」

　蜂蜜がこう高くなっちゃ、厳しいかもねえ。ここは肉も狩ったのが使えるし、パンも水車が裏庭にあるから、おいしいものを安くだす、って評判の食堂なんだが。

「春が楽しみですね。ダックワーズさんは、今日は狩りですか？」

「ああ、ローロとタタンを連れていってるよ。タタンは、外にでたくてしょうがないらしくて」

　厨房《ちゅうぼう》に案内して、リンちゃんに予《あらかじ》め必要だって言われていた、灰汁《あく》、ラード、タイムを取りだした。

「灰汁を煮詰めるんですけど、身体に付くと、大やけどをするかもしれません。目に入っても危ないです。だから、手袋を必ずして、タタンちゃんと作る時には、覗《のぞ》き込まないよう注意してあげてください。もし肌に付いたら、酢で中和ができます」

　それからはリンちゃんと、午後中おしゃべりをすることになったよ。

　だって、灰汁を煮詰めるのに三刻以上かかるなんて、思わないじゃないか。

　裏庭のスプルースも見にいったし、上階の宿泊部屋も案内した。水車を動かしたら、あんなに喜ぶとは思わなかったね。今まで工房の麦を挽《ひ》く時は、ブルダルーさんが麦を持ってきていたけど、今度は自分が持ってくると言っていたよ。

「これからまず一日置くんです。ある程度固まったら、型から抜いて切り分けてください。そこからさらにひと月は熟成、乾燥して、やっと使えます。でも、今回はそれだとすぐに使えないので、ちょっと精霊の力を借りますね。シッカ　サト　ケレリテル」

　驚いたねえ。こんなに近くで精霊術師の技を見ることはないから。

　リンちゃんは、本当に賢者見習い様だったんだねえ。

「工房でも、半分は自然乾燥を試してるところです。これで好きな大きさに切り分けて、使ってください。厨房でも使えるし、小さくしてお客様のお部屋に置いても、女の人は喜ぶんじゃないでしょうか」

「それはいいかもしれないねえ。ここは食堂としては有名になってきたけれど、部屋の方は空いていることが多くて。やっぱり街の中心とか、街門の近くの方が、便利で旅の商人にはいいんだろうねえ。冬は特に旅人も少ないし、もっと宿泊があるといいのだけれど」

「ここは食事も安くておいしいですし、何か簡単に、他と違いがでるといいですよね。石鹸《せっけん》は、ラードを買わなくてもいいんでしょう？」

「ラードも買えば高いけど、ダックワーズはハンターとしての腕もいいからね」

「ふふふ、ノンヌさんの自慢のご主人ですよね」

　良すぎるほどの亭主だと思っているよ。本人には言ったことがないけれど。

「えーと、こちらの人は、朝にお湯を使うでしょう？」

「そうだねえ。うちは、浴室はないけど、希望のお客さんには大きめのたらいとお湯を、部屋に持っていくよ。そうじゃなくても、朝は身体を拭くから、各部屋にお湯を配るね」

「ちょっと他と違うことをやるのに、『足湯』を夜にしたらいいと思うんですよ」

「夜に身体を拭くのかい？」

「水桶《みずおけ》に半分ぐらいのお湯を入れて、足だけ浸すんです。四分の一刻ぐらいの間でいいんですけど、身体が温まってよく眠れます。長く歩いた人の足の疲れも取れるし、寒さで凝り固まった身体もほぐれますよ。そのお湯に、タイムを一本入れてもいいですし。ダックワーズさんの薬草のストック、かなり量があって、びっくりしました」

「ああ、兄弟が国で薬草園をやっているからね。大市の時に、まとめて持ってきてもらっているんだよ」

「ノンヌさん、ちょっと足湯を試しませんか？」

そう言ってリンちゃんは、さっさと水桶にお湯を準備してくれて、私も支度をして足を浸したんだけれど。

その気持ちよさったら！

予備の毛布を膝からかけてくれて、少しぬるくなったらお湯を足して。

庭のスプルースまで採ってきてくれて、リンちゃんは働き者だねえ。

スプルースの香りがお湯から上がってきて、浸かったのは足だけなのに身体じゅう温まった気がするよ。

「気持ちいいでしょう？　足は毎日よく働くから、ご褒美ですよ」

まだライアン様にも教えてない方法だっていうじゃないか。いいのかねえ。そんなのをやっても。

「だって、披露する機会がなかったんです。今度教えてあげようかなあ」

ああ、それがいいよ。私も今夜ダックワーズに用意してあげないとねえ。

フォレスト・アネモネに込められた意味

シュゼットが回復し、ライアンの許可もでて、社交儀礼の講義が再開した。

講義の後、リンはギルド長室で、オグと一緒にクグロフの到着を待っていた。

「リン、今日の講義はどうだった？　お茶会だったんだろ？」

「そうですね……。とても指先にまで気を配って優雅には動けないですけど、この間、館でお茶会をしましたからね。今日はそこまで緊張せずに済んだかもしれないです」

突然館を訪れることになったのには緊張したが、今となっては良かったのかもしれない。

「女性はよく、お茶会という名の、ゴシップ会をしてるもんなあ」

「ゴシップ会。恐ろしいですね。行きたくない場所です」

エクレールあたりがこの発言を聞いたら、目を吊《つ》り上げそうだ。

オグ視点の女性のお茶会のイメージなのだろうが、リンにしても持っているイメージに大差はない。お茶を飲んでそのお茶について語り合う、なんていうのは同業者しかいない。大抵盛り上がるのは、恋バナとゴシップである。

クグロフから注文品がいくつかできあがったので納品とご相談を、と言ってきたので、今日はライアンとオグに同席してもらって確認するのだ。

「クグロフが力を入れて作っていたみたいだから、ブラシは楽しみだな」

「ええ。私もクグロフさんにお願いしたいことがあったから、ちょうど良かったんですよ」

「おい、待て、リン。まさか、またブラシを増やすのか？」

「違いますよ。『精霊の加護石』をライアンにもらったので、それの加工です」

リンは腰に吊るした小袋をポンと叩《たた》いた。

お守り代わりに持ち歩いているが、リンの『加護石』はまだ木箱に入ったままだ。


家の応接室でクグロフが並べた木工製品は、どれも見事なできだった。

リンが一番驚いたのが、クグロフが作ったことがない、と言っていたブラシだ。

木皿と籠はどちらかというと手作りの温かみがある、素朴で実用的なものだ。ブラシはシンプルだが、柔らかな曲線を描いた優しい仕上がりになっている。リンの手のサイズで作ったからなのか、どこか女性的だ。

「きれいですね」

手に取ってみた。

オークを丁寧に削り、オーバル型に作られた背の部分は滑らかに磨かれ、ブラシ部分はボアの毛がしっかり入っている。穴に角度をつけるのが苦労するだろう、と言っていた部分もうまくいったようだ。持ち手の部分も、リンの手にぴったりだ。

「いくつか試作を繰り返しまして、やっと納得のいくものができました」

クグロフも頬《ほお》を緩めている。

「これでよろしければ、仕上げをして納めさせていただきます」

「仕上げといっても、今のこの状態で完成でもいいぐらいじゃないですか？」

「実は装飾を入れたいのです。あの、こちらをご覧いただけないでしょうか」

丸めていた一枚のデッサンをクグロフは開いて見せた。


花弁の大きな、白い花が数輪描かれている。

「これは、フォレスト・アネモネか？　よく描けている」

隣に座るライアンが、デッサンを覗《のぞ》き込んだ。

ブラシの背の部分に、この花を白と金で描きたい、とクグロフは申し入れた。

「私がおりました街はここのようにすぐ近くに森があって、三月には一面に白い花を咲かせたのです。父の工房の印章にもなっておりました。花弁は大きく華やかで、それでいて色は白く慎《つつ》ましやかで、可憐《かれん》で女性らしい細工のモチーフとしても、よく使っていたのです」

シュージュリーに侵略されて、今は存在しないエストーラ公国だが、クグロフの父は大公お抱えの金細工師だったという。

「エストーラの職人は装飾品にしろ、家具にしろ、繊細で優美な細工が巧みと有名であった。周辺諸国の王族にも顧客がいたはずだし、この国の職人も留学していたのではないか？」

「はい。ボスク工房といい、そちらは歳の離れた兄が継いでおります。私は同じ大公のお抱え職人でも、最終的に家具製作の方へ進んだのです。繊細な絵柄や金細工は兄の方が得手なのですが、私もこのフォレスト・アネモネは、それこそ小さい頃から描いておりましたので」

溢《あふ》れる思い出に、クグロフがそっと目を伏せた。

「ヴァルスミアの森も、春にはこの花で白い絨毯《じゅうたん》を敷いたようになる。森の春を象徴するような花だ。クグロフ、この花の花弁を六枚から五枚に変えることは可能だろうか」

「もちろん可能でございます」

「この森の中でも、なぜか聖域に咲くものだけは花弁が五枚になるのだ。夜空の星が地上にある、と言って精霊がはしゃぐ花で、大事な儀式にも使う。リン、どうだろう。君のブラシの背に描いてもらってもいいのではないかと思うが」

クグロフにとって、この花は帰れない故郷の、思い入れのある花なのだろう。

聖域にある花なら入れてもらうのもいいかもしれない。実際、きれいだ。豪華なブラシになりそうだが。

「そうですね。お願いします」

ライアンもクグロフにうなずき、クグロフの描いた花を見ながらため息をついて続けた。

「フォレスト・アネモネは、なかなか株が増えない花だ。これが一面に咲くということは、エストーラの森が古くから平和に、大切に守られてきた証拠だ。そのような国が戦火に荒れ、今は存在しないとは、なんとも言い難い。……父と兄の消息はわかっているのか？」

「父はあの日、エストーラ大公への納品のために、国都へ向かいました。そこにシュージュリー軍が攻め入ったのです。大公の館は焼き払われ、父の消息は不明ですが、助からなかったのではないかと思っております。兄は材料の調達で国から離れておりました。国を離れる際、隠し戸に避難先を書いて残しましたが、そこからも追われここまで参りましたので、会えておりません。こちらに着いてから兄が材料を求めにいった先にも知らせをやりましたので、いつか会えると願っております」


相談があるということだったが、と促されたクグロフはオグと視線を交わし、ブラシを製作して販売をしたい、という希望を伝えた。

「リン様からご依頼いただいたブラシは、素晴らしいものだと思います。平民はもちろん、貴族の方にもお喜びいただける品になるかと思います」

オグがうなずき、あごひげを摩《さす》りながら言った。

「貴族向けは受注生産だろうが、春の大市で売れるようにしてやりたいと思うんだよ」

「大市、ですか？」

「ああ。春と秋にヴァルスミアで開かれる市だが、他領からも、他国からも、産物を持ち寄って集まる大きな商取引の場となる」

「商人も大勢集まるし、他領からわざわざ買い物にくるやつもいるしな。ハンターも職人も、冬の間に作ったものを春の大市で売るんだよ」

大きな展示即売会みたいなものだろうか。

「ブラシを量産できれば、街にとっても冬の仕事ができる。ハンターはフォレスト・ボアの肉だけでなく、毛も売れるようになる。木片の調達で街の木工職人ギルドにも協力を依頼したが、今後も続けて仕事をだせる。ウィスタントン領の新たな製品としたい、って、ライアン、言っていただろう？」

リンが目を輝かせた。

「あの！　街の人だけじゃなく、他の難民の人たちにも仕事が回りますでしょうか？」

リンが勢い込んで尋ねた。

「実際の作業がわからねえから、なんとも言えないが。クグロフどうだ？」

オグに促され、クグロフが少し考えて言った。

「木の細工部分は職人の手が必要ですが、ボアの毛を洗う、揃《そろ》えるなどの仕事は任せられると思います。逆に、手伝いがないと難しいかと」

なにせリンがだしたブラシの案だけでも種類が多い。

「街と城壁外の民の交流にもなるな。双方に利があるようにできるのなら、軋轢《あつれき》も少ないだろう」

クグロフが姿勢を正した。

「それで、あの、差し支えなければ、製品にリン様のお名前を付けさせていただければ、と」

目を輝かせ、うなずきながら聞いていたリンは、突如飛び込んできた自分の名前に目を見開いた。

「え！　私!?　なんで私!?」

「新たな製品に開発者の名前を付けるのはよくあることでございますし、エストーラでも大公妃様のお名前をいただいた、エリーザというご愛用の小物もございましたから」

作っているのはクグロフで、ましてや大公妃様の名前とリンを一緒にされてはかなわない。

「いえ、それは恥ずかしすぎるので、却下です！　どうぞ、作っているクグロフさんの名前を。クグロフさんの苗字《みょうじ》がボスクなら、クグロフとか、ボスクとかでいいんじゃないでしょうか！」

リンは慌てた様子で一気に言いきると、ふうっと息を吐いた。

「少しお茶にしましょうか。着替えてきます。あ、これ、細工をお願いしたいので置いていきますね」

革袋から『加護石』の入った木箱を取りだして、リンは立ち上がった。

「私の名前を付けるのは止めてくださいね？」

しっかり念を押すのは忘れなかった。

「ああ。先にクグロフに見せておくが、装飾品の希望はあるのか？」

「うーん、特にないですけど、持ち歩けるのがいいんですよね？」

「『加護石』だからな。守り石として持つし、すぐ使えるように身に着ける」

「目立たないようにするなら、ライアンと同じブレスレットですかね。使いやすいのがいいです」

そう言って、手伝いにアマンドを連れて部屋をでていった。

「おい。装飾品の希望を聞かれて、目立たず、使いやすくって言った女を、俺は初めてみたぞ。もう少し具体的じゃねえと、さすがにクグロフも大変だろうよ」

「リンの希望はいつもそんなものだ。衣装も動きやすいもの、というのが注文で、後はレーチェ任せだ。クグロフにこれを任せられれば助かる。ウィスタントン家の細工師は王都なのでな。エストーラにも留学していたはずだ」

　クグロフは、石を拝見します。ブレスレットでございますね、と木箱を開け、確認した。

「リンは他のヤツより、石も多いからな。ん？　五つ？」

　オグは、ほのかに光りを帯びた『浄化石』に、テーブルに身を乗りだすように見入った。三つの加護のあるオグであっても、滅多《めった》に見ることのない石だ。

「おい、ライアン、加護石はともかく、なんだこりゃあ。『浄化石』か？　いや違うな」

　ライアンは一度クグロフに席を外すように合図し、部屋の外にでるのを確認して続けた。

「偶然できた『珍しい浄化石』だ。効果の検証もされていない」

　オグは天井を見上げて、ため息をついた。

「偶然ってなあ……。これ、すべて入っているじゃねえか。普通は作りたくても作れねえよ」

　ライアンのやつ、なんてものを作りやがった。そしてこれをリンに持たせるほど、リンは危ないのか、と二重の意味でオグは驚き、顔を引き締めた。

人より多くの力を持つ者を、不法な手段を使っても支配下に置きたい者は多い。

好意が悪意に豹変《ひょうへん》し、悪意が好意に擬態してやってくる。

誘拐未遂に、眠り薬、精神を惑わす媚薬《びやく》、ライアンもオグも幼い頃より、何度となく経験していた。

「そこまでリンは危ないか。これはどこまで浄化できるものだ？」

「わからぬ。薬の類いは大丈夫であろう。加護があっても精霊の力を使えぬのなら、今なら誰もリンを知らぬ。なにも教えずにおけば、本人の希望通り、茶でも売りながら暮らせたかもしれぬ。だがリンは、精霊や森が自ら力を貸すほどに馴染《なじ》み、加護がある。過保護とも言うが、な。しっかり使い方を教えて、守りはあった方がいい」

「護衛の騎士は？」

「今はシロだな。よく見回りにでているし、後を付いてゆくこともある」

リンはくっついてくるシロに、甘ったれですねえ、と、ニマニマ喜んでいるが、あれは警戒しているのだ。

「いっそ茶でも売っていてもらった方が、平和だな」

「まったくだ。リンが国を攻め落とす野望を、持っていないことが幸運だった」

「これだけの石をクグロフに預けるなら、工房がないと無理だろう。ライアン、それも相談したかったんだよ」


重い空気を払うようにリンの声がして、クグロフと入ってきた。

「入ってもいいですか？　今日のお茶は、川紅毛尖《チュアンホンマオジエン》にしましたよ」

　ふんわりと甘みのある香りが、カップから上ってくる。

「ちょっと男性陣と飲むには、フェミニンかもしれませんけど。薔薇《ばら》の花蜜、スミレの砂糖漬けっていう感じの香りです」

　これはまた華やかな香りだな、と言うライアンは、すっかりリンのお茶に慣れてくつろいでおり、オグは親友のそんな滅多に見ない顔を眺めた。


「リン、ブレスレットだが、君の『花』をフォレスト・アネモネにしたらいいかと思うんだが、どうだろう」

「私の花？」

「大抵の女性は自分の『花』を決めて、装飾品や衣装などをその花のイメージで選ぶことが多い。君のブラシにもそれが描かれるし、なにより精霊の機嫌がよくなるのは、君にとって悪くない。ブレスレットの意匠もそれでいいかと思うが、他に気に入りの花があるか？」

　ライアンの言うことは概《おおむ》ね正しい。

「大抵の女性」は、ではなくて「大抵の貴族女性」は、となるが。そしてそれは、自分の「花」として貴族年鑑に登録されることもある、ということをリンは知らない。

「普通に花は好きですけど、これっていうのはないですねえ。お茶の花は白のカメリアで、素朴でいいけど、畑だと摘んでしまうものですし。オグさん、エクレールさんの花をご存じですか？」

「ん？　エクレール？　持ってねえんじゃ、いや、花は聞いたことねえが、大輪のユリが似合いそうだよなあ」

そうか。オグにとってエクレールは、大輪のユリのようなゴージャスなイメージなのか。秘密情報を得て、リンはニンマリとしながら眉を上げた。

その顔にオグは慌てて付け加える。

「いや、うん、そうだ、大賢者の花は『谷の姫百合《スズラン》』だったぞ？　どうしてあの可憐な花を選んだか、と大笑いしたが」

「フォレスト・アネモネでいいですよ。大事なポイントは、精霊が喜ぶ、でしょう？」

「ああ、それだけでも、日々の面倒が確実に一つ減る」

ライアンはきっぱりと言ってうなずいた。

一つどころか、大半が減るかもしれない。

「クグロフ、では、ブレスレットはフォレスト・アネモネの意匠で頼む。ああ、『加護石』の配列と使い方の説明がいるか。デザインが変わるだろう？」

「それは後で、俺がクグロフに教えておく」

「頼む」

「……あの、ブラシの件で、少し提案があるんですが」

自分のブレスレットの注文を、リンは茶でのどを潤しながら聞いていたが、カップを置いた。

「さっきの名前の話なんですけど、ブラシの生産と販売をするなら、やっぱり、ボスクの名前を付けるのがいいように思うんです。それで、柄の部分にボスク工房のフォレスト・アネモネの印章を刻むんです。ブラシはどこでも取れる素材を使うから、きっとすぐ他でも作られるでしょう？　その時に印章があれば『エストーラの高い技術を持つ、あのボスク工房の者が作ったブラシ』として、区別して認識されると思うんですよね」

「なるほど。実際にこのブラシの仕上がりは、美しいな」

ライアンがうなずいた。

「そこにフォレスト・アネモネは、実は精霊にも愛される花だって一言添えれば、加護があるとはいかなくても、それこそ『ウィスタントンらしい』製品になるでしょう？　ブラシを愛用する女性が、喜んで広めてくれそうな話だと思うんですけど」

何かを売る時に、ブランドという知名度があるというのは、本当に強い。

どこから来たのか、誰が作ったのか。価格も変われば、ファンも付く。お茶でもそうだったのだ。

「それに春の大市には、他国からも商人が来るんでしょう？」

「ああ」

「それなら『ボスク工房の印章をつけた、木工製品のブラシ』を商人がどこまでも運びますよ。どこかの国でお兄さんが見たら、クグロフさんの製品だって、すぐにわかると思うんです」

クグロフは目を見開き、どこか呆然《ぼうぜん》として聞いている。

ライアンもオグも、リンをじっと見つめた。

「きっとお兄さんを早く見つける、手助けにもなると思うんですよね。だからいっぱい売りましょう」

リンは笑顔で言い切った。

その言葉をクグロフは唇を引き結んで聞いていた。そうでもしないと嗚咽《おえつ》がでそうだった。

住む場所を失くし、追われ、歩きに歩いてこの地にたどり着いたのは、ここの皆が言う精霊の加護があったのだろうか。

「フォレスト・アネモネがいくつもの目印になる、か。リン、うまく考えたな」

「ああ。忙しくなるぞ。遠くまで運ばれるように、できる限りたくさん作らねえとな」

クグロフが何度もうなずき、顔を上げると、鼻をすするようにして言った。

「あの、それでしたら、ボスク工房の印章を六枚から五枚の花弁のフォレスト・アネモネにさせていただきたいのです。この地にだけ咲く花を印章にして、エストーラではなく、新たにここ、ウィスタントンのボスク工房としてありたいのです」


「それで工房なのだが、候補地は？　住まいも移すのか？」

工房の場所探しは難航していた。今後の仕事を考えると城壁内がいいが、職人の集まるエリアはすでにいっぱいで物件がない。金細工も含めると、水も火も使える大きめの場所が必要で、場所もなければ、家賃も高くなる。

「まずは工房の確保をと思っております。工房の家賃に加えて師匠と二人分の、城壁内の居住登録費用がまだでません」

「精霊術師の工房みてえに、火と水が使えねえと難しいんだ。ある程度の広さもいる」

ライアンは少し考えて言った。

「あるな」

「ほんとか！」

「オグ、お前も知っているだろう？『アルドラの塔』だ」

ここに住めばよく名前を聞く、大賢者の名前がまたでてきた。

「あれか！　いや、でもあれ、使ってもいいのか？」

「数十年、空き家だ。問題ないだろう」


すぐ近くだ、ここから見える、と全員でなぜか家の裏庭側へでた。ライアンが裏庭のさらにずっと奥、森との境にポツンと立つ石の塔を指した。森の塔と同じような、高い城壁の塔だ。

「あれが、『アルドラの塔』と呼んでいる塔だが、元は森の塔と対になって、この工房の脇にあった。そこから城壁が続いていたらしい。アルドラがここを工房にした時、森が城壁代わりになる、窓からの眺めも悪い、と城壁を土の精霊と壊したそうだ。だからこの一辺だけ城壁がなく、庭と森の間も空いているだろう？」

「あの塔もアルドラがそのままずいっと押しのけて、あの片隅に置いたんだとよ。すげえだろ」

「なんとも中途半端な位置に置いてくれたものだ。すぐ先にもう一つ城壁に並ぶ塔があって、そちらで物見は十分だろう、と放っておかれたままになっている」

どうやら大賢者は豪快な人だったらしい。『谷の姫百合』でオグがどうして大笑いしたのかが、わかったような気がした。そのお陰でリンの部屋からの眺めがいいのだから、感謝だ。

「火は使える。水場は近いし、あの裏手には小川も流れていたはずだ。広さも十分だろう。そんないわくつきの物件だし、塔というのは住むには案外不便だが、工房ならいいだろう。家賃は掃除だ」

オグが吹きだした。

「ぶっ。昔、ライアンと二人、精霊術を使って掃除しろ、と、訓練という名の掃除をさせられていたんだよ。もしかして、まさかライアン、今もやってんのか？」

「他に誰がいる？　いずれ、リンの訓練にと思っていたが」

「はは、そりゃいい。クグロフ、住む場所からは街の反対になるが、大丈夫、安全な場所だぜ。アルドラの生霊なんかは、たぶんついちゃいねえよ」

安全なのかどうなのか、微妙なことを言って、オグは請け合った。

ここにクグロフをはじめとした、金細工師、木工家具師、タペストリーの制作師など、エストーラ大公のお抱えだった一流の細工師が工房を構えたのは、新年の初めだった。

掃除というリンの訓練も、同時に一つ減ったのだった。

ティータイム クグロフ・ボスク

私はクグロフ・ボスク。木工職人だ。

ライアン様にいただいた工房に、作業台を組み立て、据え付けたところだ。がたつきも調整できたようで、立ち上がって手をはたいた。

「これで明日にも作業を始められるな」

ここは『アルドラの塔』と呼ばれる、城壁の塔の一つだ。

なんでも大賢者様が塔を動かして放置したらしいのだが、ヴァルスミアに来るまで、塔が動かせるものだとは知らなかったな。

そんな立派な塔が自分の工房だというのだから、人生、何が起こるかわからない。

塔に入ったのは初めてだが、入ってすぐに螺旋《らせん》階段が上階に続いている。中央に大部屋が一つと、それより少し小さめの部屋もある。工房としての広さは十分だ。

塔の外壁に沿っている壁は弧を描いていて、余裕ができたら、その丸みに沿った棚を作るのも面白いだろうと思っていると、奥の部屋で作業をしていた大工の親方がでてきた。

「じゃあな、クグロフ。炉の乾き具合もいいようだが、まだ火を入れるのは待ってくれよ。明日にでも火の術師殿に来ていただいて、加護をいただくからな」

「加護、ですか？」

「お、そうか。クグロフは初めてか？　この国じゃあな、水場や火処を作る場合には術師殿にお願いして、最初に精霊の加護をいただくんだよ」

「初めて聞きました」

「水場の場合はオンディーヌに清き水の加護をもらうんだが、火処の場合、鍛冶場と家の炉じゃあ、だいぶ違うだろ？　術師殿が用途に合わせてやってくれるんだ」

「わかりました。ありがとうございました」

「術師のギルドには、俺が言っておくからな。じゃあな」

急ぎなんだろ、と言って、自ら作業に通ってくれていた親方に、深く頭を下げた。


「クグロフ、いるか？」

「オグさん。おります。どうぞ中へ」

工具を箱から取りだしていると、入り口の方から声が聞こえ、顔を覗《のぞ》かせたのはオグさんだった。

今日は来客の多い日みたいだ。

「ほう、だいぶ工房らしくなったじゃねえか」

オグさんは手にしていたフォレスト・ボアの皮を、どさりと作業台に置いた。

「おかげさまで。わざわざお持ちいただいて、すみません。今日の帰りにも、ギルドに受け取りにいこうと思っておりました」

「いや。そこまで来たついでだ。今日は、木工のギルド長もここに来たんだって？」

「はい。今朝一番に。指導と言うとおこがましいですが、細工師にブラシの作成を見せてやってくれと」

エストーラほどの繊細な細工はしたこともないが、ある程度の型取りぐらいはできるだろう。新しい技術を学びたいという熱心な者を集めるから、下請けとしてでも使ってやってくれ、と、ギルド長に頭を下げられたのだ。

もともと大市までに数を揃《そろ》えようと思ったら、とても一人では間に合わない。こちらとしても願ってもないことだった。

そうしてできたブラシに、ボスクの印を入れて販売することにも同意してくれた。

「おう。聞いたぜ。それでな、ギルド長がその後に直接俺のとこに来たんだよ。ハンターの中にも細工に興味がありそうなやつがいないか、ってな」

「それは、ずいぶん力を入れてくださっていますね」

「ああ。リンのブラシもそうだが、貴族向けの細工を入れた特注品は、クグロフにしかできないだろうが、大市までに一本でも多く増やしてやりたい、と言ってな」

鼻の奥がツンとした。

本当に私は恵まれている。

仕事をくださったリン様や工房をくださったライアン様だけでなく、木工職人ギルド長にオグさん、先ほどまで仕事をしていた大工の親方など、支えてくださっている方々の顔が、次々と脳裏に浮かんだ。

「……本当に、ありがとうございます」

「あの様子だと、他にも声をかけるみたいだぜ。大市が楽しみだと、興奮していたからな。で、ハンターたちにも聞いてみるが、ボアの毛の加工にも人手がいるだろ？」

「そうですね。旧エストーラの人間も協力してくれていますが、薬事ギルドから石鹸《せっけん》作成の話も来ているようなので、人手があれば助かります」

「冬は採集ができないからな。狩りにでられない見習いの手でも、獣毛を洗ったり、揃えたりはできるんじゃないかと思ってな。じゃあ、そういう方向で動いてもいいか」

「あ、じゃあ、この後ギルドに依頼をだしにまいります。……実はお聞きしたいこともあって」

そうなのだ。ボアの毛の受け取りついでに相談があったのだ。

「お、なんだ？」

「昼前にリン様がお越しになりまして。ライアン様のヘアブラシを、追加でご注文いただきました」

「へえ、そうなのか。それで？」

「はい。ライアン様の木である、オークの意匠を存じ上げないものですから。リン様も詳細はご存じないようですし、ライアン様にはできあがるまで内緒にされたいようで、シュトレン様にうかがうのもためらわれまして」

「ああ、俺の方でわかるぞ。じゃあ、後で見せよう」

「お願いします」

オグさんが、ニヤニヤとし始めた。

「内緒のプレゼントか。リンもやるじゃねえか。ライアンも喜ぶんじゃねえか」

確かに男性の手に合わせて、ブラシの毛の質はこんな感じで、と、考え考えお伝えくださったリン様は、微笑《ほほえ》ましかった。

「細かくご希望をいただきましたので、リン様のブラシと一緒に納められるように、急いで取りかかろうかと」

加護石をいただきっぱなしで、と、だいぶ気になさっているようだから、早めに仕上げた方がいいだろうな。

「なんだなあ。自分の加護石の注文の時には、なんでもいいような顔をしていたくせに、きちんと希望をだしたんだな」

オグさんの言葉に、私もリン様の様子を思いだしてクスリと笑った。

「ええ。いろいろと考えられておられるようでした。なんでも、ライアン様の髪は柔らかいので、それに合わせるなら……」

「ライアンの髪が柔らかいだと!?」

突然オグさんが、驚かれたように大きな声を上げた。

「ええと、はい。そうおっしゃっていましたが、何か……」

「いや、なんでもない。続けてくれ」

オグさんは、まさか触れるのか、などと呟《つぶや》いていたが、すぐに続きを促された。

「はい。その髪に合わせるなら、ボアの毛でも柔らかい部分か、豚の毛が望ましいとか。ライアン様の髪のツヤは精霊のご機嫌につながって、ひいては国のためかもしれない、と」

オグさんが吹きだした。

「ぶはっ。そりゃあ大きくでたな。まあ、確かにライアンの場合、間違ってはいないかもしれねえが。……豚の毛か。質の良いのが手に入ればいいが」

オグさんは少し考えて、また吹きだした。

「しっかし、ボアの毛や豚の毛の質を考えることになるとは思わなかったぜ」


工具を並べ終え、明日から仕事にかかれるように周囲を整えた。

奥の部屋にできたばかりの小さな炉の前に立つ。エストーラのボスク工房にあったものを説明して、同じように作ってもらったものだ。

その前に座って作業をしていた、父や兄の顔が思い浮かぶ。

リン様の言葉を思いだした。

「……ボスク工房のブラシを、商人が運ぶ、か」

いつの日か、兄の手にもそのブラシが届くかもしれない。

そのためにも、今請けている仕事に誠実に取り組もう。

ウィスタントンのボスク工房として名を上げて、いつか仕事をくださったリン様や、支えてくださっている周囲の皆様への恩返しができればいい。

そして、それがきっと、希《こいねが》う未来につながっている。


塔からでるとがっしりとした大きな扉を閉め、錠をかけた。

その扉の脇には、昨夜作ったボスク工房の名と印章が刻まれた看板がかかっている。

「この名と印章に恥じないように」

がんばろう、と、決意を新たにして歩きだした。

声

居間の床にペタリと座り、夕食後のまったりとした時間を、リンは楽しんでいた。

シロの毛に指を突っ込んで撫《な》でてやり、ついでに顔も押し付ける。暖炉は暖かく、傍らには一杯の茶があり、このままシロに頭を預けて寝られそうだ。

他の皆は厨房《ちゅうぼう》で食事中だろうか――。


ピクリとシロが顔を上げ、立ち上がり、リンの頭を落っことした。

「いたっ、シロ、ひどいよ」

シロの様子がおかしい。耳を動かし、森の方を見ている。

「あ、どこいくの！」

のどの奥でグルルゥと一回唸《うな》った後、階段を駆け下り、正面のドアの前をうろうろする。

外にでたいのか、と、リンがドアを開けたとたんに飛びだし、首をそらして遠吠《とおぼ》えを始めた。おおおおう、うぉおおおうと数回、サイレンのように長く吠《ほ》える。森からもシロの仲間だろうか、遠吠えが戻り、声が揃《そろ》って辺りに響き始めた。

シュトレンたちも外にでてきた。アマンドはリンの肩にマントをかける。

「シロが、突然飛びだして。仲間も揃って吠えているようで、様子がおかしいんです」

塔からも騎士がでて、森の様子をうかがっている。ライアンもその中にいた。

遠吠えをぴたりと止めたシロが、森の中に真っすぐに駆け入った。

「あ、シロ！　待って！」

「森の木も、ざわざわと音を立てていますな。リン嬢ちゃま、家の中に入った方がええ」

ライアンがリンに近づいた。

「リン、家に入って、決して外にでてはならぬ」

「でも、シロが森に」

「シロはするべきことをしている。心配いらぬ。君はとにかく一歩も外にでるな。シュトレン、リンを頼む。フログナルド、大隊の三分の一をだす。工房の前後にも二名ずつ護衛を立てよ。シムネル、館とハンターズギルドに連絡を。私は騎士と共に森へ入る」

そう言い置いて、ライアンは周囲に指示をだしながら森へ向かった。

「リン様、さあ、早く家の中へ。あの様子は、恐らく森への侵入者です」

リンは思わず森を振り返った。


塔にも森の入り口にも火がたかれ、空に月がなくとも明るい。

騎士やハンターも行き来して騒めいている。

応接室の窓近くに椅子を置き、張り付いて動かないリンに、ブルダルーがワインを温めて持ってきてくれた。シナモンとクローブが入って、スパイシーで、レモンの風味もついている。蜂蜜を多めに入れた、リンの好みの味になっている。

「ありがとうございます。師匠」

「ご心配なさらなくとも大丈夫ですよ、リン様。ライアン様は武官としても優秀です。王都の士官学院を、見事な成績で卒業されておりますから」

アマンドの言葉にリンはキョトンとした。

「ライアンは精霊術師だけでなく、騎士もするのですか？」

「いえ、どちらかというと騎士を従える方でございますね。立場はフログナルドの上官に当たります。士官学院は、まあ仕方なく、です。精霊術師ギルドのお偉方が、賢者見習いにお教えできるようなことはないでしょう、と精霊術の学校に入学許可がでなかったのです」

「精霊術師のトップに当たるだろう賢者見習いを拒否する、精霊術師ギルドですか。なんだかよくわかりませんね」

「見栄《みえ》か保身かはわかりませんが、私も当時は憤慨したものです。もっとも、ライアン様は精霊術学校の卒業試験を難なく合格されましたから、あながち間違いではないのですが。卒業したと同等の精霊術師資格だけは得て、その期間を士官学院に通われたのですよ」

シュトレンがリンの手から、空になったカップを受け取る。

「ですからリン様、ご心配なさらず、お休みになってください。アマンドがお仕度を手伝いますから」

ホットワインでも神経は落ち着かず、とても眠れる気がしなかった。

「眠れません。何かをしていないと落ち着きませんから、工房で銅鍋を磨いてきます」

シュトレンが呆気にとられた。

「銅鍋、でございますか？」

「ええ、厨房の鍋は師匠が磨いていますけど、工房のは気になっていたのです。最近私がよくお借りしていますし、この際ピカピカに磨き上げてきます。師匠、小麦粉とお酢、それから塩を少しずつください」

三つを混ぜてペースト状にして、布に付けてせっせと鍋を磨くと、曇っていた銅赤色がきれいに蘇《よみがえ》っていく。一人黙々と十数個の鍋を磨いてすすぎ、乾いた布でふき取って、少し落ち着いた。

工房の窓から森を眺める。

「ドルー、森の精霊、オンディーヌ、サラマンダー、シルフ、グノーム、どうぞライアンを守ってください。どうか怪我《けが》なく帰ってきますように。皆が無事に戻りますように」


リンがせっせと鍋を磨いていた頃――――。

恐らく敵意ある侵入者だろうと見当をつけて、騎士が三班に分かれ森に広がっていた。

ライアンとフログナルドは、森の北側をウェイ川に沿って遡っている。

「この真冬の夜に土地勘のない森に侵入するのは、信じられませんね」

「ああ。雪に慣れている北の者だと思われるが、わざわざ月のない新月の日を選ぶのだ。森の騒めきを見ても良くない意図しか感じられぬ」

「帝国の南への侵攻は、ウェイ川を押さえて海への道ができ、収まったように思えたのですが」

「最近のシュージュリーはよくわからぬ。侵略を繰り返した皇帝もすでに高齢だろう。皇帝の命なのか違うのか、偵察なのか他に意図があるのか、見極めが難しい。門外の難民にも怪しい者はいなかったのであろう？」

「はい。ですがトライフルも、エストーラからの難民は、村や村長の名前、地域の様子などの話から、虚偽を申しているような者はいないと判断がつくようですが、エストーラ以外の者も、少数ですがおります。そちらはたとえ虚偽であってもトライフルにはわからないと」

「警戒をしながら保護とは。本当に難しいことだ」


遠くに近くに、イームズが吠え、連絡をし合っている。それだけでもまだ森が警戒中なのがわかる。

森深くまで来た頃、シロが前方に現れ、ついて来いというように先に立ち、案内を始めた。

「ここか」

そこには小さな焚火《たきび》の跡が残され、複数の足跡が周囲の雪に残り、続いている。

「見よ。オークの枝だ。火を焚《た》くのにオークを折ったか。この国の者でないのは確実だな」

「ライアン様、この足跡を追わせます」

「多めにだせ。かなりの数がいる」

森のさらに奥から、騎士の吹く笛が聞こえた。顔を見合わせそちらに向かうと、小川の脇に火を燃やした跡がある。こちらは焚火跡にも、足跡にも薄く雪がかかっており、今日のものではない。

「イームズに案内され、発見いたしました。さらにこの奥、上流にも焚火跡があり、近くにフォレスト・ボアの死体がありました。肉を取られず放ってあり、ハンターではないと思われます」

「侵入は今夜一度だけではない、ということか」

「奥から近づいてきているようですね。偵察にしてはおかしいです。人数が多そうですし、普通このような森の奥ではなく、街近くに入るでしょう。いったい何が目的なのか」

「この者たちは、向こうでオークを傷つけたのだ。次には森へ立ち入ることもできなそうだが、目的が知りたい。今から一刻と区切り、ここより奥へと広がって侵入の形跡を見つけよ。ここしばらく深い雪は降っていない。まだ他にあるなら見つかるだろう」

誰もが厳しい表情で、ライアンの指示を聞いていた時だった。

ライアンの耳元にすぅっと柔らかな風が流れ、シルフが囁《ささや》いた。

『ライアンを守ってください。どうか怪我なく帰ってきますように。皆が無事に戻りますように』

「今のは……」

空を見て耳を澄ましていたライアンが、目を泳がせた。

リンの声だった、と理解した途端にさっと顔に血が上る。

自分の無事を祈ってくれているのだろうか。

緩みそうになる口元を、慌てて手で覆い隠した。目元にも熱を感じる。

「ライアン様、どうかされましたか？」

フログナルドが声をかけた。

はっと気づけば、周囲の騎士がポカンとした顔でライアンを見ている。ライアンは届いた伝言を払うように首を振り、慌てて顔を取り繕った。

「いや、すまない。シルフが来ただけだ。……一刻経ったら帰還して報告だ。侵入者に遭遇した場合は笛を。無理はするな」


リンは応接間の暖炉前で、さすがにウトウトとしていた。いつもならとっくに寝ている時間だ。

「リン様、お戻りになられましたよ」

その声でパッチリと目が開き、入ってきたライアンと目が合う。シュトレンがライアンとフログナルドに、ホットワインを渡している。

リンは立ち上がり、慌てて駆け寄った。

「おかえりなさい。どうでしたか。シロは一緒では？」

「侵入者の痕跡はあったが、詳しくは明日また探る。シロには森で会ったが、警戒中だ。まだ起きていたか」

「ええ。鍋をピカピカに」

「鍋？　よくわからんが、早く休め。リンの願いは届いている。私は怪我もなく無事だ。それだけ言いにきた」

先ほどの動揺などなかったかのように淡々と告げるライアンに、リンは首を傾《かし》げた。

「何のことですか？」

「怪我なく帰るよう、シルフに言付けただろう？　ちゃんと届いた」

リンは目を見開いた。

「何で!?」

確かに神に祈るように、無事を祈ったが、どうしてだ。

「シルフの加護がある者同士なら、祝詞《のりと》でシルフが風を鳴らして、声を届ける。君の場合は祝詞がいらないのであろう」

いつも通りだな、と言うライアンに、リンは真っ赤になった。

アレを本人に聞かれるなんて――。

この国では、独り言は精霊から隠れて言わなければならない、と学んだ日だった。

石鹸と薬事ギルドと領主の家族

森への侵入者があってから、しばらくライアンは忙しかった。

翌日から騎士とハンターが入れ替わりで巡回し、さらにいくつかの野営跡が見つかっていた。それもハンターが滅多《めった》に行かないような森の奥ということで、誰が、何の目的で、ヴァルスミアの森を徘徊《はいかい》していたのかは判明しなかった。

その間、ライアンの精霊術の講義もお休みで、リンは復習がてら違う種類の石鹸《せっけん》を作った。

森の塔からも灰を集め、春以降の生産のために試作、などと言いつつ、楽しく作業をした。

それで少々作りすぎたのだ。いくら置いておけるといっても、一人がいったいいくつの石鹸を使うというのだろう。社交儀礼の講義がお休みだった間に作ったものと合わせたら、すごい数だ。

「いろいろ試せとは言ったが、さすがに、これは多すぎるな。使いきれないだろう」

「ええ、少々、反省してます。案外面白かったのと、灰汁《あく》を作ったら使わなきゃな、と思って」

それでも作ったからこそ、わかったことがあったのだ。

今日、リンは薬事ギルドにできあがった石鹸を持っていき、相談しようと思っていた。

薬事ギルドには、最初にエクレールと足を運んだ日以降も、森で採集したギィを売ったり、スパイスを買いに足を運んだことはあった。アマンドや師匠に付き添ってもらい、というより、リンがオマケにくっついて、買い物の様子を見学したのだ。

今日は初めて、ギルドマスターとの面会だ。


ライアンと二人で薬事ギルドに入ると、視線があちらこちらから飛んでくる。

女性が多い場所だしライアンは人気だな、と、リンは思っていたが、あの、と声がかけられた。

「リン様でいらっしゃいますよね!? 突然申し訳ございません。一言お礼を申し上げたくて。カモミールの石鹸に感激いたしました。肌に優しくて。突っ張らないのです！」

「本当ですか？ ありがとうございます」

サンプルを使った職員だろうか。直接伝えられた感想にリンは笑顔で答えた。

その笑顔に促されたのか、さらに数名の女性が近づいてきた。

「何よりすごいのは、クリームでしたわ。冬はどうしても乾燥がひどかったのですが、しっとりと落ち着いたのです」

「ええ、ええ。翌朝起きた時の驚きといったら！ 手放せなくなりそうですわ」

「本当に。肌にもすっと入っていくようで」

「リップバームもです。ほんのりと色づいて。顔色も良く見えますの。材料を拝見しましたが、口に入っても大丈夫ですし。本当に素晴らしかったですわ！」

女性たちの目の輝きと、圧を感じるほどの力の入った称賛ぶりがすごい。
大丈夫か、と、近くにいるライアンをチラリと見れば、リンを取り囲んだ女性たちの向こうで、呆然《ぼうぜん》としていた。

「まあ！　皆様、はしたないですよ。さ、リン様を解放して差し上げて。ライアン様と面会にいらしたのですよ」

ギルドの階段を下りてきて、熱意にあふれる女性たちを止めてくれたのが、ヴァルスミアの薬事ギルドのマスターだった。

会議室に落ち着いて、改めて紹介されたギルドマスターは、マドレーヌという優しい笑顔の女性だった。

「リン様、お話はライアン様からうかがっておりましたが、お会いできて光栄です。先日すでにサンプルをいただいておりましたが、こちらも素晴らしいものでした」

そんなに話したいのなら、一緒に加わりなさい、と、先ほどの女性たちもこの面会に加わっている。

全員が大きくうなずいた。

実際にマドレーヌも、試したギルドの女性たちもその効果に本当に驚いたのだ。

「高価な材料が使われていることも聞きましたが、薬草花をこのように使うとは、全く思いもよりませんでした」

館からタイムでのうがいを提案された時も驚いたが、あれでどれだけの者が助かっただろうか。
今回の石鹸やクリームも、開発者が同じだと知り、どこか納得したものだ。

「薬草を濃縮すれば効果が高くなることは聞きました。でも、それだと価格が上がってしまいますし、なるべく多くの人に届けたいのです。ひどくなったらお薬ですが、ひどくなる前に整えるのが、病気にも美容にも大事かな、と」

「ええ。本当にそうでございますね」

「それに肌荒れや手荒れは、貴族女性だけではなく、働く女性、冬の寒さの中で働き、家事で水を使う平民女性の方が辛いんじゃないかなって思いますので」

リンのこの意見に、ギルドの職員たちはハッと目を見開いて、そして大きくうなずいた。
マドレーヌは貴族の末席に座るが、ここにいる女性職員は、マドレーヌも含めて働く女性なのである。

先ほど以上に、リンを見る目がキラキラと輝きだした。

「画期的な製品ですわ。リン様のお名前で、登録販売ができるかと存じます」

リンは目を見開いた。
なぜこちらの人は、すぐにリンの名前を付けたがるのだろうか。

「わ、私の名ではなくて、薬草石鹸とか、蜜蠟《みつろう》クリームとか、そういうのではダメなのでしょうか」

「製品登録の時に、その登録者の名前を使うのが一般的ですね。例えば『ベティのクリーム』ですが、あれは、ラードにカウスリップ、スターチがベースとなっています。その登録レシピを第三者が使用するには、レシピを購入しないとなりません。その度に登録者に利益が入ります。同じ配合で作られた製品が薬事ギルドで売れても、登録者に利益が還元されるようになっているのです。今回も、薬草や蜜蠟を入れるという今までになかった配合ですので、新規登録をすることになるでしょう。それに賢者見習いのリン様のお名前を付けると、影響力もあり、また売れ行きも違ってくるかと」

マドレーヌは丁寧に説明した。

「賢者ではなく、本業はお茶屋さんで……」

もう言ってもしかたがないことかもしれない。

お茶は今すぐには売れないし、お茶屋さんのクリームや石鹸なんて、誰が買うだろう。

いや、確かお茶エキス配合クリームとかあったよね、と、考えがあさっての方向に飛び始めた。

「リン、君はどうしたい」

ライアンの声に引き戻される。

「自分の名前を付けるのは恥ずかしいです。利益についても、私個人ではなくて、原料の栽培や次の開発とかに回せるようにしたいです。ライアンもそう考えているのでしょう？」

お茶屋さんの時は自分で買い付けて、自分で売って、もっと小規模でシンプルだった。でもすでに、リン個人でできることから離れている。そしてライアンは、常に領の発展、民の生活、国策までを考えている人だ。

「そうだな。リンがすでに大店《おおだな》を持ち、原料調達や販売に、十分な資金や人手があるなら違っただろうが。難民の生活の糧となることを考えると、領としての事業になる。薬事ギルドだけではなく、館の文官に、商業ギルドも恐らくかかわるだろう。協議をまかせてもらってもいいか」

「お願いします」

それからリンは、少し多くなっちゃったのですけど、と作った石鹸を見せた。

「半分は、オリーブオイルにラードも混ぜて作っています。ラードの方が硬くて、使い心地もさっぱりした仕上がりになりました。でも薬草を漬け込んで、香りや成分を移しやすいのはオリーブオイルで、混ぜてみたんです」

タイムにレモンの皮、ローズマリーとミント、スプルースの枝がすっきりした香りで、これは薔薇《ばら》、と次々と籠からでてくる石鹸に、マドレーヌや職員たちの目が丸くなる。

「驚きました。ここまで数が多いとは」

「ええ。組み合わせで無数に」

「オイルも薬草も、数多くございますしね」

「そうなんです。美肌効果に、乾燥や老化防止。私の国ではこのローズマリーとミントは、血行を促進して、髪の成長にいいと言われたんですよ。液状のトニックにしたら、薄毛に悩む男性にいいかもしれません」

「それは本当か」

ライアンが隣から声をだす。

リンはライアンの生え際を眺めた。

「……ライアンには必要ないと思いますよ。えーと、とりあえず今は」

精霊がお気に入りの髪の持ち主だ。全く必要ないだろう。まあ、先々、街がひっくり返らないためにも、毛根は大事にしてほしいが。

「あ、もしかして、ご領主様用ですか？」

「いや、父上も大丈夫だろう。一般の男性の声を代弁しただけだ。これも検証だな」

こちらは検証者に困らないはずだ。


リンは失敗作も見せて、薬事ギルドの協力をお願いした。

一人では、もう知識も技術も追いつかない。

「ロバやヤギのミルク入り石鹸もありました。肌に優しく、保湿力もあるので作ってみたんですが、本当は白くなるはずが、なぜかオレンジになりました。原因がわからないのです。私の国のことで、他にも知っていることはお話できますが、詳しくはないのです。あの、本業はお茶屋さんなので……」

マドレーヌには、なぜライアンが薬事ギルドの協力が必要と言ったのかが、よくわかった。

すでに検証を依頼された薬草茶のことといい、薬草栽培の件、新規製品開発、と確かにリン一人では難しい。

薬事ギルドでもすぐに専任の体制を整えなくては、間に合わないだろう。

「もしかして、同様に、クリームも複数できるのではないですか？」

「はい。原材料次第ですけど、石鹸もクリームも、しっとり、さっぱり、敏感肌用、といった具合に何種類か選べればいいなと思います。それで値段の高い蜜蠟も、もう少し何とかできないかなと」

「確かに蜜蠟は希少なものですから、クリームに使うには高価で、誰もが使えるものとはならないでしょう。ですが、高価でも女性はこういった美容の新製品にはなにかと敏感で、興味を持たれる方は多いと思いますよ」

誰もが使えないだろうことはわかる。それでも少しでも安くなればいいと思う。

甘い蜂蜜も、しっとりクリームも、たまのご褒美に買えるようなら、それが生活の潤いになる。

「この辺で一番蜜蜂を探すのが上手な方が、亡くなったと聞きました。それで蜂蜜が高いと。あの、たぶん養蜂をしてないんですよね？」

「蜜蜂は巣を見つけて籠に捕獲し、採集しているが」

「それだと蜜蠟を取るには、巣を壊しませんか？」

「蜜蠟は巣にあるから、どうしてもそうなるな」

「あの、私の国では、蜜蜂を籠に入れるのではなくて、箱の中に板を何枚も入れたものを使っていました。巣を完全に壊さずに、蜂蜜も蜜蠟も、たぶんプロポリスも取れていたんです。蜂はそこに戻ってくるので、毎年新たに蜜蜂を探さなくていいのだと思います。そのことも蜂に詳しい方とお話ししてみたいのです。私も、そういうやり方があるとは知っていても、自分ではやったことがないので」

リンがまた、この国にはない知識を披露している。

「それも『ネット』という、本で学んだのか」

「いえ、これはテレビで見て、えーと、シルフと雷が協力して、遠くに声だけじゃなく、絵も伝えてくれる感じでしょうか」

「また、雷の力か。天の神の眷属《けんぞく》を使うのであれば、絵も届けることができよう」

ニホンの精霊術師は、この国では考えもしない方法をとる。それがリンの知識になっているのだと、ライアンは羨ましくも思う。

「私も見たいものだが、リンならもしかして、雷も協力して、自ら落ちてくれるのではないだろうか」

「なっ！　無理です。落ちたら困りますよ！」

雷を落とせとは、とんでもないことを言ってくれる。当たったらどうするのだ。

リンはとぼけたことを言うライアンを、じっとにらんだ。

「もう。なんてことを。……それで養蜂なんですが、私も見たことがあるだけなので、詳しい方とお話した方がいいんです」

「わかった。手配を頼もう」

すでに十分驚いているが、どんどん新たな知識がリンからこぼれてくるのが、ライアンには新鮮だった。

自国の賢者も知らない知識を話し、自己の利益ではなく領の生産振興までも考えるリンは、こうして立派に賢者見習いとして周囲に認識されていった。

薬事ギルドでの話し合いの次の日、ライアンはリンに石鹸を持たされ、館に向かっていた。

「館に行かれるなら、石鹸を持っていってください。ここでは使い切れないですし、館の人にも使っていただいて、感想を聞きたいです。あの、失礼じゃなかったら、ご領主様ご家族にもどうぞ」

「ギルドに持っていった以外に、まだこんなにあったのだな」

ライアンの声が若干呆《あき》れている。

「ええ。あと、これ、昨日の午前中に工房で作って、持っていくのを忘れた最新作です。リンゴの皮に、シナモン、クローブ、ジンジャーを少し加えました。甘酸っぱくて、スパイシーで、ちょっとセンシュアルで、カップル向けにいいかと思うんですけど」

甘いシナモン・アップルなんて、石鹸やクリームの定番の香りだろう。

「センシュアルだと？」

「ユール・ログでも、カップルに子宝に恵まれるようにバーチの木を配るのでしょう？　スパイス使用なんで原価は高くなりますけど、こういう、ちょっと官能的なのがあっても、新婚カップル用のプレゼントにいいかなって。そうじゃなくても、この石鹸、おいしそうな香りなんですよ」

口にしたくなる香りを手にのせて近づけられ、ライアンは、わかった、それも持っていく、と足早に立ち去った。

「ライアン、リンの作った石鹸の披露はいいが、本人は連れてきていないのか？」

「ええ。本日は文官との会合の後に、母上に石鹸を、と立ち寄ったまで。父上との面会予約は取っておりませんでしたから」

それなのに、なぜここに領主がいるのだろう。

執務はどうした。もしや兄上に押し付けてきたのではないだろうか、と父を眺める。

「面会予約などと。リンが館に来るのなら、時間ぐらいなんとでもする。だいたいシュゼットには会いにきたのであろう？　私に何も言わず帰りおって」

「お父様、それは私がリンの先生でしたから、お見舞いにきてくださったのですよ？」

「ミドルネームを使ったのだろう？　……もう、私はその手は使えないであろうな」

「父上は領主なのですから、偽名など使わず、堂々とリンにお会いになってください」

ライアンは助けを求めて、この父を唯一操縦できる、素晴らしい女性の顔を見る。

「シュトロイゼル様、ご覧になって？　リンが私たちにと持たせてくれた石鹸は、どれも素晴らしい香りですのよ？　ほら、これなど、薔薇の花びらが入って、色もピンクのマーブルになって美しいこと」

「ああ、カリソン。薔薇は貴女《あなた》の花でもあるね。どのようにきれいな薔薇も貴女の美しさにはかなわないが、その花の香りが貴女の肌に移るのも、また楽しみだ」

　さすがだ。もう父はリンとの面会のことは忘れてくれたようだ。

「ライアン兄様、リンはこれを使って、感想が欲しいと言っていたのでしょう？　私はどれにしようかしら。兄様はどれをお使いになっているの？」

「私はまだ、カモミールだけだな。タイムも工房の手洗い場にあるが。女性には、母上と同じ薔薇か、レモンなどが良いのではないか？　あとそれが、新作のリンゴとスパイスの香りだそうだ」

「まあ、冬のパイのような香りなのね？」

「ああ、カップル向けにいいのでは、と作ったらしい」

「なぜカップル向けなのだ？」

「『甘酸っぱくて、スパイシーで、官能的』だそうです。確かシナモンとジンジャーには、そのような内なる情動を高める効果があるとか」

「ほう。ライアンは、もうリンとその石鹸を使ったのか？」

「使っておりません！」

　ライアンは父をジロリとにらんだ。

「だいたいそれは、今朝渡された新作です。リンも使っていないでしょう」

「そうか。……それならカリソン、私と貴女で使って、リンに感想を言わねばならないであろう。リンゴの香りを纏《まと》った貴女の肌も、きっと食べたくなるほど魅惑的であろうな」

　いつものことだが、人目もはばからず、もう領主は最愛の妻の手に口づけそうだ。

リンの手の上にあったこの石鹸を、口にしたくなる香りだと思った自分には、確かに父と同じ血が流れているのだな、とライアンは愕然とした。

そろそろ母がこの父を止めてくれればいいのだが。

「シュトロイゼル様ったら、子供たちの前でそのように。恥ずかしいですわ」

母が頬《ほお》に手を当て、おっとりと言う。

「まあ、お父様。私の下に弟か妹ができるのではないかしら」

「男が最愛の妻の肌を愛《め》で、褒めるのを、どこであれ躊躇《ためら》うわけがないであろう？　なあ、ライアン、リンの肌も、アラバスターのごとき白さだと聞いたぞ。愛で甲斐《がい》があるであろう」

「アラバスター？　……リンの肌はあのように不健康に白くありません。もっと艶やかで、滑らかな象牙のようで――」

「ライアン様」

ライアンにはシュトレンという、絶妙なストッパーがいた。

ピタリと口を閉じ、咳払《せきばら》いをして気を取り直した。

「とにかく、私とリンは、そのように不適切な関係ではありません」

「いまさら何を言っておる。リンの花を聖域に咲く、フォレスト・アネモネにまでしたのであろう？」

「それとなんの関係があるのです？　精霊が喜ぶ花なのですから、リンにはちょうどいいのです」

「『華やかで、それでいて慎《つつ》ましやかで可憐《かれん》で、森の春を象徴するような花』なのであろう？　リンは」

「……父上、スパイはオグですか？　それともシュトレンですか？」

戻ったらしっかりと確認しなくては。

「ああ、とにかく近いうちに面会予約をとれ。話だけでなく、早く会いたいものだ」

春を待つ

リンの『加護石』がとうとうブレスレットに仕上がった。

緊張を見せながら一人で家を訪れたクグロフに、リンはお湯の入った水盤を差しだした。

「まず、手洗いからどうぞ」

香りの良い、薄緑色をした石鹸《せっけん》が手渡され、横には仕上げのためにリンが水差しを持って待機している。

クグロフが応接室に入ると、ライアンが苦笑していた。

「いきなりの手洗いで驚いたであろう?　洗わないと奥まで進めない家なんだ」

「毎朝顔を洗うのと一緒で、そのうち慣れて習慣になりますよ」

リンはライアンの横に腰を下ろしながら、今度はタイムのお茶を置いた。

「ご依頼をいただいていた、ブレスレットとブラシができあがりましたので、お持ちいたしました」

クグロフは木箱を取りだすと、蓋を開け、リンの前に置いた。

「まず、こちらが『加護石』のブレスレットになります」

リンの花であるフォレスト・アネモネをかたどったブレスレットは、手首を一周半するように、金でできた細い花の茎が巻き付くようになっていた。

先端に咲く花や蕾《つぼみ》には、白と青の貴石だろうか、薄く色が付いていて、一つの花の中心には、光を醸しだす『浄化石』が据えられていた。四つの『加護石』はユラユラと揺れるように、並んでブレスレットに通されていて、自由に動かすことができる。

すべてが金でできているのに、花弁は風に揺れるようなしなやかさがある。

リンは息をのみ、じっと見つめた後、ブレスレットをそっと手に取った。

「とてもきれいですね。あの、この色の付いた花と葉はエナメルですか？」

「ご存じでございましたか。金に、釉薬《ゆうやく》に溶かした貴石を焼き付けて、色を付けております。花は白で、花弁の裏側にほんの少しだけ青を入れてみました。エナメルは長く色が変わらず、美しさを保ちます。このように一生お使いになる宝飾品に適しておりますので」

リンは飽きもせずひっくり返しては眺めていたが、ブレスレットを置き、ほうっと息をついた。

「加護石にも穴を開けないで、茎と葉を絡めて支えるようにしてくださったんですね。ライアン、見てください。とても素敵に作っていただきました」

リンはライアンの前に木箱を滑らせた。

「これは本当に美しく仕上がっているな。見事だ。……リン、着けてみるといい」

ライアンがブレスレットを取り上げた。

リンが左手をだすと、そっと手首まで滑らせる。

加護石がしゃらりと音を立て、揺れた。

「ちょうどいいな。『加護石』も使いやすいだろう」

「あの、私、こんなに豪華で、素敵なアクセサリーを身に着けるのが初めてで、嬉《うれ》しいです。似合っているといいんだけど。大事に使わせていただきます」

リンは、はにかんで笑うと、ペコリと頭を下げた。

「こちらこそ、ヴァルスミアでの工房の初仕事に、大変晴れがましいご依頼をいただきました。ありがとうございます。あと、こちらがヘアブラシになります。こちらがリン様で、こちらがライアン様のものになります」

「私のもあるのか？」

「はい。リン様からご依頼をいただきまして」

ブラシの背には、金と貴石で装飾が施されている。

リンの方は五枚花弁のフォレスト・アネモネで、ライアンの方は、自身の意匠の木として使われているオークだ。

柄の部分にはボスク工房の印が入り、下に小さく「ボスク」と刻まれている。

「ライアンのブラシも、いただいたオークの木で作りました。それからライアンの髪は柔らかいので、豚毛にしてもらったのです。これでブラッシングすると、髪にツヤがでるんですよ。絶対精霊が喜びます」

「ほう。それではこれは、この工房に置いておくことにしよう。君が使うことが多いだろう」

「あー、自分で結ぶ気が全くありませんね？」

リンが軽くにらむと、ライアンは、しれっと言った。

「君が結ぶと、精霊が喜ぶ」

クグロフは二人の仲睦《むつ》まじさに、そっと頬《ほお》を緩めた。


その日、ライアンは館での会議に向かった。

ヴァルスミアのギルド長たちが集まる会議だ。今日は主に、リンが発案した新しい製品の生産に関して進捗が報告され、必要に応じてギルド間で協力が依頼される。

「それでは難民の移住先は、精霊術師ギルドから土の術師を派遣後、次回会議で決定することになりますか？」

会議の進行役である文官の問いに、ライアンがうなずいた。

「ああ。父上には変更となることを報告しておく」

「では次に、新たに開発された製品について、各ギルドでの進捗はどうでしょうか」

文官の近くに座っていた木工職人ギルド長が手を挙げた。

「木工の職人は、クグロフに習いながら、それぞれの技術に合わせてブラシの細工を始めております。大工も冬場は暇になるのですが、この冬は張り切って細工師を手伝っております。冬の仕事があり、春の大市に売れるものが増えるのはありがたいことです」

ギルド長が頭を下げた。

次はハンターズギルド長、オグだ。

「ハンターたちも同じだ。今まで値が付かなかった毛皮が買取できるようになり、喜んでいる。あと、養蜂に関して、領内各地に蜜蜂の生息場所や開花時期の問い合わせをしているところだ」

「養蜂はハンターズギルドが担当に？」

文官がメモを取りながら確認する。

「薬事ギルドと共同だな。野にでての実働はハンターが担当するのが適当だろう」

オグの向かいに座る、薬事ギルドのマドレーヌがうなずいた。

「クリームに蜜蠟《みつろう》を使いますので、初年度は薬事ギルドが担当いたします。このような調査も本当なら薬事で行うべきなのですが、ハンターズギルドに押し付けてしまって……」

申し訳なさそうなマドレーヌに、オグが肩をすくめた。

「薬事ギルドは風邪の対応もあったし、製品の数からいっても一番忙しいだろ？　それに実際に野にでるハンターの方が詳しいからな。これに関しては調査を代わったまでだ」

現在一番忙しいのが薬事ギルドだ。

リンが発案した製品も、石鹸、クリーム、薬草茶、と薬草を使うものが多い。効果の検証、薬草リストの作成に、在庫の確認と手配、と、あちらこちらに問い合わせをしている。

「薬事の負担は大きいと思いますが、大丈夫ですか？」

文官の問いに、マドレーヌは大きくうなずいた。

「この新しく作られる村で薬草栽培を行い、石鹸やクリーム、薬草茶を作ることから、薬事ギルドでは大きくこの村と関わっていくことになっております。担当者を決めて取り組んでいますが、皆、意欲的です。実際に使用して効果も確認いたしましたし、領の新しい製品として売れると確信しておりますので」

力を入れてマドレーヌが言う。

「収穫期の秋ではなく、冬ごもりの後の大市にこれだけ販売できる製品があるのは、なんともありがたいものですね」

館の財務担当官の顔も明るい。

この冬はさらに増えた難民の保護に、風邪の流行への対策など、予備予算からの支出が多かった。リンの生活費としても、シュゼットと同じぐらいの特別予算が組まれたのだ。

兄が難しい顔をして領の収支書類を眺めていたのを、ライアンも覚えていた。

大市での取引量が増えれば、ギルドの収入も、そこから上がる領地の税収も増える。

何より、この取り組みが成功すれば、申し訳なさそうな顔をして頭を下げ続けている難民が、この土地で仕事を持ち、生活する領民となることができるだろう。

ここに参加している者たちは、そのことを十分に理解していた。

会議が終わり、ライアンは父の執務室へ赴いた。

執務室の前に立つ護衛が、扉を開けてライアンを通す。

「父上、ご報告したいことがございます。お時間はございますか？」

「ああ、もちろん、構わぬぞ」

応接の長椅子を示され、向かい合って座る。

「今日はギルド長の会議だったか？　其方が直接来るのは珍しいな」

「決定事項の変更をお願いしたく。難民の移住先なのですが、西の森近くで場所を探していたかと思うのですが、それをヴァルスミア近くに変更をお願いします」

難民を領民として受け入れるにも、生活できる土地が必要だ。

数が増える可能性や、土地の余裕、近隣の住民との距離などを考え、場所を決定したのだが、それでは都合の悪いことができた。

「ほう。しかし、ヴァルスミア近くは与えられる土地がないのではなかったか？」

「東の、ヴァルスミアの森沿いで考えております」

「東……。不便ではないか？　土地も広くないであろう？」

街道から離れ、道もなく、奥に進めばすぐに森となる場所で、最初に検討した時もそこは候補に挙がらなかった。

「リンが作りだしたもので、春の大市で売りだしを考えているものがいくつかあります。そこで……」

「この間の石鹸であろう！　あれは良い。カリソンと共に使ったが、なんとも盛り上がり……」

「父上！」

身を乗りだし感想を語ろうとした父を、ライアンは慌てて止めた。

周囲には人もいる。風呂での体験を語ってもらうには、少し具合が悪い。

ライアンは手を振り、執務室にいた他の者を下げた。もっとも、でていく間際に苦笑している者ばかりで、きっと慣れているのだろうが、母のためにも聞かせるわけにはいかない。

「石鹸だけではなく、薬草を使った美容製品に、薬草茶、木工製品であるブラシも数種類あります。蜂を飼い、蜜を取るという、養蜂という方法も伝えられました。各ギルドが調整し、この春の大市で売りだせるよう、それぞれ担当者が決められました」

「ほう。そんなに種類があるのか」

「ええ。リンの希望もあり、作業の一部を難民にも任せる予定です。ですので、ヴァルスミアの近くでないと連携が難しいでしょう。農地も薬草などの試験栽培と製作工房としては十分な広さです。もちろん、ここだけではなく、それぞれに適した土地を探すよう考えてもおりますが」

「そこまで話が進んでおるなら、新しい土地については任せる。シュージュリーの意図もつかめておらぬゆえ、くれぐれも慎重に、な」

「わかっております」

「報告は上がっていたが、リンは次々と新しいものを思いつくのだな。養蜂というのもリンからか？」

「本人は詳しくはないと言っておりますが、十分な知識です」

「そうか。リンが現れて、まだ二月か。ここまでの変化が見られるとは、思いもしなかった」

それはライアンにとっても一緒だった。

ここでの生活にゆっくりと慣れていってくれればいいと思ったが、なんだかリンには驚いてばかりいる。

「石鹸などを作るのを楽しんでもいたようですが、自分のやったことで、人の役に立てたと実感できたのが嬉しかったようです。特に、難民の生活を支えたい気持ちがあったようで」

役に立っている気がする、と言った時も、難民に仕事を与えることができそうだ、と聞いた時も、リンは嬉しそうに笑っていた。

「一人知らない場所に来て、心細くもあったであろうに。だからこそ、住む場所を失った者の気持ちに共感したのであろうな」

ライアンの脳裏に、リンが一人泣いていた姿がよぎった。

「そうですね」

「ライアン、リンをしっかりと支えてやるが良い」

「わかっております」

そう言いながらも、ニンマリとした笑みを浮かべた父に、ライアンは眉をピクリと動かした。

父のこの表情は要注意だ。何を言いだすかわかったものではない。

「良いか。頼れる男というのは、女性にとっても魅力的で、好ましく映るものだ。故郷を思い、泣きたい時もあるであろう。そんな時にそばにいて、力づける者にリンの気持ちも傾くはずで」

やはりだ。

身を乗りだして力説する父を遮る。

「父上、この間も申し上げましたが、リンとはそのような関係にはありませんので」

静かに泣く姿を見て、確かに力になりたいと思ったが、決してそのような下心があったわけではない、と、ギクリとした心をしまい込むように言い聞かせた。

「隠すように、保護までしておいてか？」

領主が呆《あき》れたように言う。

「隠してはおりません。ただ、機会がないだけで……」

母もシュゼットも、この父をそれとなく止めるのがうまいが、ライアンはいつもうまくいかない。

話題が切り替えられないのだ。

「新商品の一つ、櫛《くし》の代わりに使えるヘアブラシができあがりましたので、父上、母上にも献上を」

ライアンは力任せに話題を変えた。

今日はまだ束ねていないライアンの髪を、父は検分するようにじっと見ている。

「其方の髪はカリソンによく似ている。其方から聞いたリンスとやらを使い始めて、カリソンの髪がよりしなやかで艶やかになったが、ヘアブラシも楽しみだ。さぞ、手触りが……」

母の滑らかな髪の指の通りを思いだしているのか、父はぶつぶつとこぼしている。

「父上」

「うむ？」

ライアンが立ち上がった。

「本日はこれでお暇《いとま》いたします。母上によろしくお伝えください」

これ以上父に何か言われる前に、と、ライアンは退出を決めた。

館の前にはすでに馬車が待っていた。

辺りが白く見えるほど雪が強くなっていたが、ヴァルスミアの城壁内は通行に支障がないように、風の術師が雪を吹き飛ばす。前庭の馬車止まりでシルフを使っていた術師の挨拶を受け、ライアンは馬車に乗り込んだ。

工房へ持っていく荷物を積んでいたシュトレンが前の席に座った、トン、と馬車が揺れ、フログナルドが後部に立ち乗ったようだ。

「塔での会議の前に、少し時間がございますが」

「……工房に寄る」

「リン様のお茶の時間に間に合うでしょう」

父にいろいろ言われた後だ。

心得たように言うシュトレンに、お前もか、という気分で、ライアンはふうっと息を吐いた。

「おかえりなさい。ひどく降りだしましたねえ」

階下のドアが開く気配に、リンは厨房《ちゅうぼう》をでてパタパタと階段を駆け下りた。

ライアンの周囲を風が取り巻き、シュトレンとフログナルドに積もった雪を払い落とす。

フログナルドは頭から真っ白にしている。

「ちょうど良かった。そろそろお茶にしようと思っていたんですよ。待っててくださいね」

そう言うと、また階段を駆け上がっていく。

「リン様。何かお腹《なか》にたまるものがあれば」

荷物を運び込んでいたシュトレンが、その背中に声をかけた。


ブルダルーが軽く食べられるものを用意している間に、リンは髪結いだ。

ライアンに新しく渡した髪紐《かみひも》は、紐の端に精霊石が釣り下がるタイプで、どこから見ても、どう縛っても、精霊石がきれいに見えるはずなのだが。

「精霊は何が気に入らないんでしょうねえ」

「迷惑をかける」

この家に置くことにしたブラシを持ってきたシュトレンは、自分の主が髪には一度も触らずに、リンに結ぶよう頼んでいることを知りながら、黙って立っていた。

精霊が顔の周囲で騒ぐのが鬱陶しい、と、常に結わえていたのに、最近はリンに会うまではそのままにしている。

「ライアン、練習が足りないから、うまく結べないんじゃないですか？」

うまく結べても、結ぶ気のないライアンは、リンの意見に黙ったままだ。

リンはそのまま気にせずに、ライアンの輝く髪にブラシを入れた。

ブラシの周囲に精霊がいるのか、ふわふわと光のオーブが漂っている。

男性用に作ってあるブラシは、リンの手には少し大きい。リンもクグロフも、依頼の時には、まさかリンが使うことになるとは思ってもいなかった。

「まあ、わかりますけど」

「……なにがだ」

ライアンはギクリとした。

自分で結おうとしていないことか、それとも。

「髪を人に触ってもらうのは、リラックスして、気持ちいいですもんね」

美容院でのシャンプーや、髪の結い上げの時に、その心地良さに眠くなったこともある。

「……なるほど。そういうものか」

幼き頃に父や母に撫《な》でられた思い出はあるが、ライアンはリンに髪を結ってもらうまで、同じように感じたことはなかった。自分がリンに結ってもらいたいのは、それもあるのか、と、腑《ふ》に落ちた気がする。

シュトレンがこれを聞いたら、全く違います、と、呆れただろうが。

「そうだな。リン、これからも頼む」

もう、しょうがないですね、と言いながら髪紐を結ぶリンに、ライアンの口角が上がった。

ブルダルーが用意したベーコンと玉ねぎのサンドイッチを食べ、まだどこか物足りなそうな顔をしているライアンに、リンは、ヘーゼルナッツにリンゴ、レーズンがたっぷり焼き込まれたケーキを一切れ置いた。

昼食を食べ逃したらしく、甘味はさほど食べないライアンだが、珍しく手の進みが早い。

シナモンの香りが甘くスパイシーで、リンゴの甘酸っぱさが際立つ、リンゴだらけのしっとりとしたケーキだ。リンも大きな一口を頬張った。

口をさっぱりさせるのに選んだのは、台湾の芳《こう》ばしい鉄観音茶で、火の気配を感じる茶だ。

外は吹雪《ふぶ》いているが、パチパチと音を立てる暖炉の前で、足元に横たわるシロを撫でながら、お茶を味わう。これ以上の幸せがあるだろうか、と、リンは目を細めた。

小さめの二切れ目も食べ、ようやく落ち着いたらしいライアンが、コトリとカップを置いた。

身体が温まったのか、ライアンの頬に少し赤みが差している。

「今日はギルド長たちの会議にでたのだが、ブラシや石鹸の生産の担当者を決めたようだ。本格的に生産を始める準備ができたようだな」

「ほんとですか！」

空になったライアンのカップに、お替わりを注いでいたリンの手がピタリと止まった。

「ああ。難民にも生産に携わってもらうので、移住先もここから近いはずだ。薬事ギルドが中心となって動いている」

「薬事ギルド？」

「ああ。難民の移住先が、薬草の試験栽培と石鹸の生産の中心となる予定だ」

「そこまで決まったんですね」

「リンのおかげで、皆が活《い》き活きと動いている。本当に感謝している」

ライアンが頭を下げた。

「うえっ？　そんな。ええと、実際に商品を作ったり、動いているのは私ではないですし」

「新しい商品だけでなく、難民にとっては新しい生活のきっかけを作ったのはリンだ。実際に商品は作らないかもしれないが、リンがくれたのは、明日への希望だ」

それが領を治める者の役割だとして、どれだけ難しいことだか、リンにはわかるだろうか。

未来はより良くなるという希望があれば、今日を生きる勇気になることもある。

「ええと、その、お役に立てたようなら良かったです」

まともに褒められてはにかむリンに、ライアンも口元を緩めた。

「そうだ。薬事ギルドから、そのうち薬草茶と薬草石鹸のことでリンに相談が来ると思われる」

「……石鹸だけじゃなく、薬草茶も大市で売れるんでしょうか？」

リンが恐る恐る聞く。

「ギルドはそのつもりでいるようだ。それで茶に詳しいリンに協力してほしいらしい」

リンの顔が輝いた。

「もちろんです！　すごい。お茶屋さんへの第一歩ですよ！」

声も弾んでいる。

「どんなのがいいか、考えないと……。ええと、春らしいフラワーブレンドとかがいいのかな。それか冬明けだから、デトックスとか？　あ、ライアン、工房の薬草を少しわけてください」

リンが薬草だけではなく、お茶に詳しいとギルドに伝えたのはライアンだ。

そわそわと、嬉しそうに立ち上がるリンを見るのは楽しいのだが。

「リン、気が急《せ》くのはわかるが、薬事ギルドからの連絡を待った方がいい。どの薬草が、どれほど在庫があるかも調査結果待ちだ。春の大市から売りだしを始めるが、難民の引っ越しも、薬草の栽培も、雪解けを待たないと始まらない。すべては春からだ」

リンは窓の外に目をやり、すとんと腰を下ろした。

外はもう真っ白だ。

春はまだ遠いように見えるが、リンにとってもお茶屋さんとなる希望が見えた。

「春が楽しみです」

ここに来た日と同じように暖炉の前で茶を飲んでいるが、その味わいは全く違う。

リンは一口飲んで、ほほ笑んだ。

MFブックス

お茶屋さんは賢者見習い 1

2021年6月25日　初版第一刷発行

著者　巴里の黒猫
発行者　青柳昌行
発行　株式会社KADOKAWA
〒102-8177　東京都千代田区富士見2-13-3
0570-002-301（ナビダイヤル）
印刷・製本　株式会社廣済堂

ISBN 978-4-04-680507-2 C0093

企画　株式会社フロンティアワークス
担当編集　河口紘美（株式会社フロンティアワークス）
ブックデザイン　鈴木 勉（BELL'S GRAPHICS）
デザインフォーマット　ragtime
イラスト　日下コウ

本シリーズは「小説家になろう」（https://syosetu.com/）初出の作品を加筆の上書籍化したものです。